KB045373

서울은
시詩를 무진장 품고 있는 시광詩鑛이며
시인은 감춰진 시를 캐내는 광부鑛夫다

seestarbooks 022

서울특별詩 2

홍찬선 제12시집

스타북스

시인의 말

서울특별詩를 쓰게 된 것은 특별한 행운이었습니다.
아직 새내기 시인인 제가 서울시의 역사와 문화,
서울시민들의 삶을 시로 써 보라는 제안을 받아, 몸으로
다가가 발로 시를 줍는 작업을 좋아하는 저로서는 이
제안이 좋은 기회가 되었습니다.

서울특별詩를 서울시인협회에서 매월 발행하는
'월간시'에 연재하면서
아무런 생각 없이,
수없이 그냥 지나쳤던 곳을 일부러 발품 팔아 찾아가
이름을 불러 주니 우리들에게 다가와 특별한 뜻이 되고,
새로운 생명으로 부활하는 모습이 경이로웠습니다.

북한산이 서울시가 아니라 고양시에 속해 있다는 사실을
새로 알게 되었고,
한강에 있던 섬, 저자도가 없어지고 섬이었던 잠실과
부렴마을(부리도)이 육지가 되었으며,
석촌호수가 원래 한강 물줄기였고, 서래섬과 세빛섬이
새로 생겼다는 사실에 놀랐습니다.

여의도 윤중로에 다시 봄이 찾아오고,
경춘선 숲길에서 대성리로 MT 떠났던 대학생활을
떠올리며,

4

명동 성수역 동호대교 남단에선 영원히 사는 의인을 만났고,
…돌아보면 엄마가 웃고 있을 청파동 골목에서 첫눈을
맞았습니다.

서울특별詩를 쓰는 동안
서울시장이 바뀌고 정권이 교체되는
역사의 변화와 시대의 호흡을 체험했습니다.
제왕적 권위주의의 상징으로 여겨졌던 청와대가
문을 활짝 열고 국민의 품으로 돌아오는 기쁨을
『서울특별詩 2』와 함께 하게 되어 행복합니다.

이제 코로나와 시원하게 이별하고,
대한민국은 명실상부한 자유민주주의 국가로 직진할
때입니다.

서울의 시광詩鑛에서 보물 찾는 작업을 계속하겠습니다.

생명의 계절 여름을 맞이하면서
한티 우거에서
德山 홍찬선

제3부, 웨딩드레스를 그리며

제4부, 청파동 골목길에 첫눈이 내리고

서울특별詩

서울은 금광이다
대한민국의 21세기를 준비하고
노벨문학상을 만들어 낼 수 있는
황금빛 아이디어를 감추고 있다
땅 속에, 길바닥에, 사람들 가슴에

서울은 양파다
한 겹을 까 하나를 알면
다른 켜가 나타나 새로운 도전을 일으키는
신화와 역사와 삶이 어우러져
나날이 커져 가는 양파,

시인은 광부다
손결 마음결 기다리는
무궁무진한 시맥詩脈을
발로 다가가
가슴으로 줍는다

시인은 양파 까는 사람,

도인都人들이 일상에 쫓겨

메마른 삶에 허덕일 때

한 올 한 올 속살을 벗겨

시우時雨로 적셔 준다

제1부 / 용산의 꿈

북한산의 하소연

서울시민 여러분
이거 알고 계시나요?

서울의 진산인 북한산이
조선시대 내내 한양에 속했던 삼각산이
서울시에 있는 게 아니라
고양에 속해있다는 사실 말이에요

아픈 역사가 있었지요
일제강점기 때, 일제는
대한의 기상을 꺾기 위해
한성부를 폐지하고 경성부를 만든 뒤
백운대 인수봉 만경봉을 고양에 편입시키는
행정폭력을 휘둘렀지요

광복이 되고 서울이 복원됐지만
어쩌된 영문인지 백운대 인수봉 만경봉은
아무도 관심 없는 사이에 슬그머니
고양시에 남은 채, 시간이 흘렀네요

고양시민 여러분
잘못된 역사는 바로 잡아야겠지요?

대한민국 국민 여러분
일제잔재를 청산해야 마땅하겠지요?

서울시민 여러분
역사 바로 세우기에 적극 동참하시겠지요?

하늘공원은 사랑 선생님

사랑은 이렇게
너무 눈부시지도 않고
너무 뜨겁지도 않으며
너무 가라앉지 않아야
제 맛이라며 속삭이고 있었다

안경 벗고 처음
하늘공원에서 만나는 해
살포시 구름 뚫고
빛 다스리며
나처럼 사랑하라고 알려주자

백운 인수 만경이 고개 끄덕이고
안산과 인왕의 개나리가 꽃 봄 펼치며
부지런한 꿩이 추임새 넣었다
어둠 사르며 깨어나는 아침,
가슴으로 맞이하는 다시 봄!

봄바람 부는 노들섬

봄이 더디 온다고 투덜대는 사람은
모든 것 툴툴 털어내고 노들섬에 가서
느릿느릿 한 바퀴 돌아보세요

착한 바람이 콧속으로 환영하고
따사로운 햇살이 외투를 벗겨내며
수원화성 가는 정조의 능행행렬이
와자지껄 가슴에 다가올 거에요

나카노지마(中之島)로 창지개명 당한 아픔과
5.16 새벽 해병대를 막지 못했던 아쉬움과
1966년 이원등(李源登) 상사의 고귀한 죽음을
품에 묻고 말없이 21세기를 준비하는 노들섬,

과거는 지나갔지만 살아 움직이고
현재는 미래를 만들려고
과거를 꼼꼼히 되돌아봅니다

눈에서 멀어지면 가슴에서도 떨어져 나가듯
여느 때와는 다르게 시작한 침범 해 봄
노들섬에서 속 깊게 맞이해 보세요
먼저 움직이는 사람이 멋진 삶 만드니까요

정독도서관의 주인들

봄에서 여름으로 넘어가는 길목
정독도서관에서 역사의 아침을 맞는다

성삼문이 기개를 키운 이곳에서
겸재가 인왕제색도를 그린 이곳에서
대한제국 관립중학교가 세워져
최초로 근대중등교육이 시작된 이곳에서

세월의 풍파를 이겨낸
아름드리 등나무를 스승 삼아
청운의 뜻을 품은 인재들이
대한민국의 기둥과 대들보가 되었고

그들이 떠난 뒤엔
시민들에게 따뜻한 곁을 내주며
지친 몸을 달래고 잃은 꿈을 되살리라고
토닥거리는 엄마 품이 되고 있는

종로구 화동2번지
경기고등학교 옛 자리에서
새 봄 새 역사를 몸으로 받는다

교동초등학교

대한민국의 앞날이 궁금하다면
운현궁 옆 교동초등학교에 가보라

일제 침략으로 푸른 말이 서럽게 울던
1894년 가을, 관립교동소학교가 설립돼
심훈 윤석중 윤극영 지청천 김수근 윤보선 등이

소설로, 동요로, 무력으로, 그림으로
항일독립투쟁에 몸 바친 인재들을
수없이 길러낸 곳

넓은 운동장 앞 잔디밭에
어린이날 반달 똑같아요의 시비가 있어
대한의 미래를 짊어질 새싹들을 키우는 곳

대한민국의 오늘이 답답해 미래를 알려면
근대교육의 발상지 교동초등학교에 가보라

운현궁 노락당老樂堂

노년에 편안하고
즐겁게 지내라는

추사秋史의 깊은 권유
석파石坡는 몰랐는지

사람은 흔적도 없고
편액만이 외롭다

나는 새 떨어뜨린
당대의 최고 권력

옛 것을 개혁하고
새로운 것 받아들여

아들 딸 미래 먹거리
마련 못 한 노정객

완당阮堂의 열린 마음
흥선興宣에게 전수 안 돼

두 노인 저승에서
해후한 뒤 서먹서먹

뒤늦게 생각할수록
가슴 아픈 지도력

고려 골목길

시간의 두께를 벗겨 보자
세월의 찌꺼기 닦아 보자

켜켜이 쌓인 먼지 때 아래
그 사람 기다리며 고요히 숨 쉬는
그날의 삶이
몽실몽실 살아날 것이다

눈을 열고 걸어보자
귀를 뜨고 어슬렁어슬렁

종로3가역 6번 출구를 나와
북쪽으로 난 골목길 삼거리에서
왼쪽은 고려 골목길, 오른쪽은 조선 피맛길

익선동과 운니동 골목길
콘크리트 밑으로 흐르는 시냇물 소리
방긋방긋 보면서

물길 양 옆으로 늘어선 집에 남아 있는
고려 사람들의 삶의 애기
도란도란 들으면서

탑골공원에서

인생은 짧고
권력은 더 짧으며
역사는 새록새록 길다

할아버지가 세운 원각사를 없애고
기생방으로 만들었던 연산군은
이복동생에게 쫓겨나 죽임을 당했고

대한제국 최초로 만들어진
근대식 공원을 파괴하려던
일제는 패망해 쫓겨 갔으며

3.1만세운동과 4.19혁명을 지우려
파고다 아케이드를 지었던 폭력이
십여 년 만에 종식된 뒤에도

그 모든 사연을 품은
원각사 10층 석탑은
어르신들의 점심 쉼터를 마련해
조용, 조용 통일을 준비하고 있다

다시 봄 윤중로

다시 봄이다
딱 때 맞춰 팡 터진
벚꽃에 얼굴이 꽃피고
가슴이 활짝 열렸다

나이는 잊어버리라고
철만난 명자가 발갛게 꼬드기자
수수꽃다리가 보라로 몸을 풀고
수줍은 조팝은 하얗게 왼고개 했다

싹 내밀려는 잔디밭에선
나비 좇는 아가들이 뒤뚱거리고
마스크로 내외하는 청춘들에겐
거리두기가 범 쑥 먹던 시절 얘기다

늘 가까이했던 윤중로의 사월과
두 번이나 생이별로 강탈당하고
세 번째 맞이한 진정한 봄
참 좋다, 다시 봄이다

낙성대공원에서 봄

봄은 어김없이 오고 있었다
코로나가 아무리 몽니 부려도
겨울이 가기 싫다며 투정 부려도
강감찬 장군이 태어난 곳,
낙성대공원에서 뛰노는
어린아이들 장딴지 미소에
차근차근 피어나고 있었다

봄은 불쑥 와서 기다리고 있었다
오라고, 어서 오라고 사정, 사정해도
꿈지럭거리며 가슴 태우던 봄비가
단비되어 내리는 낙성대 안국사에
강감찬 장군의 얼을 받아 펑 터뜨릴 듯
빵빵하게 움켜쥐고 때를 세고 있는
진달래 꽃망울이 봄을 맞이하고 있었다

자하연紫霞淵의 추억*

말이 필요 없었다
틈 나는 대로 가면
누군가는 있어
쌓인 얘기 나누고

점심 먹고 쉬는 시간에
공도 차고 우유 팩도 차며
가뭄을 해갈하는 빗물에
흙냄새 맡은 송사리처럼

이리 뛰고 저리 솟으면
히스테리 노교수 옥타브 높아졌던
추억도 이젠
범 담배 피던 시절의 전설,

만만하던 플라타너스는
덤벼보라며 으스대고
마당은 벤치가 차지해
젊음을 졸게 만드는데

자줏빛 노을이 피었다는

자하연은

세월을 가르치며

붉은 눈으로 깔깔대고 있었다

*자하연 : 서울대학교 관악캠퍼스 문화관과
인문관 사이에 있는 아담한 연못.

연주대의 사랑

임을 그리워하는 사람과
사람이 사랑하는 임이
서로 달라도
그 마음만은 하나였으리라

의상이 힘들게 절을 짓고
좌선하며 닦은 마음으로 사랑한 임과
강득룡 서견 남을진 등 고려 유신들이
개성을 바라보며 터뜨렸던 뜨거운 오열과

동생에게 왕위를 물려줘야 했던
양녕과 효령이 그리워했던 임금과
흐드러지게 꽃피는 봄의 꼬임에
모든 것 제쳐놓고 오르는 환장,

임과 오열과 임금과 환장이
얽히고설켜 바위에 펼쳐놓은
사랑 한마당, 눈물 두 마당에
관악을 바라보는 춤마당이 겹친다

신림동 순대골목

맛은 골목에서 나오는데
순대골목이 순대빌딩으로
멋이 바뀌어서일까
그 사람이 아니여서일까
그 맛이 집을 나갔다

아니? 코로나 때문이겠지
기다려보니, 사람들 모이고
막걸리 들어가니 그 맛이
돌아오는 듯한데
그래도 허전한 건

그래!
그것이 빠졌어
툭 툭 던져 주는 말 한 마디
밥은 잘 먹고 다니는 겨?
엄마 아부지께 전화는 드렸구…

허전함은 그것이었다
맛이, 멋이 안 난다는 건
내가 여유가 없었던 탓
사랑은 밖에 있는 게 아니었다
맛은 사랑 품에 멋들었다

돌말, 돌마리에서*

그날도 이렇게
따사로운 햇살이 비쳤을 것이다

봄이 오는 길목
마지막 남은 겨울 시샘이
아쉬운 해를 잡고 울었을 것이다

세월은 어쩔 수 없다고
뿌리치며 한 끗 어긋남도 없이 돌았고
그님은 주어진 숙명에 몸부림치며
천지의 냉혹함에 떨었을 것이다

해는 떴다 지는 것
달은 졌다 뜨는 것

그님 떠난 길목엔
멋진 그레이 로망스가 발 쉼 하고
그님 달렸던 벌판엔
21세기 주인공이
귀여운 말짓, 손짓으로 미래와 대화하며

우물이 살아나 천육백 년 죽음을 깨운 뒤

돌무덤 위에 자리 잡았던 삶은 어딘가로 쫓겨 가고

막걸리에 흔들리는 나그네는

그님과 접신한다고 퀭한 눈동자로

파란 하늘을 더듬고 있다

*한성백제 왕릉이 있는 석촌동石村洞은 돌이 많은 동네라는
뜻으로 돌말, 돌마리로 불렸다.

성수동 수제화 거리

사람이 가고
사람이 다시 오니
골목이 다른 모습으로 맞이한다

뒷물이 앞 물을 밀어
세월을 만들 듯이

발목 부여잡는
염천교의 두 손을 뿌리치고
부푼 꿈 가득 안고 찾아 온
연무장길도
시대의 흐름을 벗어날 수 없었다

골목 두 쪽을 가득 메웠던
수제화 집들이 하나 둘 셋…
첫사랑의 추억을 찾아 떠난 자리엔
젊은이 취향의 카페와 식당이 들어서고

MZ세대 디자이너들이
1세대 장인들과 숨을 맞춰
아슬아슬한 촛불에
바람막이를 만들고 있다

황학동 풍물시장

이름이 바뀌면 실체가 변하고
장소가 변하면 의미도 달라지듯
벼룩시장 도깨비시장이던 황학동 풍물시장은
서울풍물시장으로 바뀐 뒤 자신을 잃었다

시설은 현대화
추억은 그대로
라는 표어를 곳곳에 붙여놨어도
노랑 초록 빨강 보라 파랑으로
곡선을 직선으로 멋지게 꾸몄어도

여인시장의 따사로운 숨결을
동묘 노점시장의 펄떡거리는 생명을
진흙 속에서 진주를 발견하는 희열을
맛보기에는 동과 동 만큼의 거리를 만들었다

추억은 강철 구조물 틈에서 수증기가 되고
시설은 기득권 폭력 앞에서 사시나무가 되었다

방산芳山을 아시나요

발바닥에 물집이 잡힌 만큼
아는 게 많아지고 시詩가 깊어진다

종아리에 알이 굵게 박히고
어깨가 뻑적지근해질수록
가슴 움직이는 게 진실해진다

눈으로 설핏 보고
머리로 덜렁 익혔다고 여긴 것은
언제나 마음을 저버리는 배반의 장미,

광장시장 동쪽에 자리 잡은
종로신진시장 부근이
영조 때 청계천을 준설한 흙과 모래를 쌓아 만든
가산假山에 꽃을 심어 방산芳山이 되었다는 것을
그냥 스쳐서는 골백번 오가도 알 수 없는 법,

종로5가 신진시장 쪽 인도人道를
눈여겨보면 약간의 둔덕이 느껴지고
곱창골목에 들어가 곱창에 막걸리를 마주하면
방산에서 봄나들이 단풍구경하는 사람들의 숨결이
아지랑이처럼 피어나는 게 소곤소곤 들린다

낙산별곡

낙산에 한 번 올라 보세요
서울의 아름다운 야경이 펼쳐집니다
임과 함께라면 그 맛이 한껏 깊어지고요

가을바람을 타고 한양도성을 휘감는
풀벌레 세레나데를 품에 안으면
살며시 솟아나려던 땀도
슬그머니 뒷걸음질 치고

정순定順왕후의 먹먹한 사연이
이화동 벽화마을과 말문을 트면
시간은 어느덧 내리막길을
질투하듯 쏟아져 흘러내립니다

아쉬우면 낮에 올라 한 바퀴 돌아 보세요
아차산에서 시작해 불암산 수락산을 타고
도봉산 삼각산을 거쳐 행주산성을
한 눈으로 잡을 수 있답니다

이렇게 좋은 데 가보지도 않고
서울이 심심하다고 투덜대는 건
쥐도 먹지 못하는 선천성 자기과소증이겠지요….

동망봉의 눈물

권력은 허망하고 잔혹한 것이었다
사랑이 무엇인지 사는 게 어떤 것인지
잘 알지 못했을 열일곱 살 소녀는
왕에서 노산군으로 강등돼 영월로 귀양 가는
열여섯 살 신랑을 청계천 영도교永渡橋에서
생이별 당하고도, 부라린 눈들 때문에
울지도 못한 채, 청룡사에서 머리 깎고
정업원淨業院에서 마른 울음 삼키며 살았다

비바람 눈보라에도 아랑곳하지 않고
매일 정업원 앞쪽 가장 높은 바위에 올라
동쪽을 바라보며 낭군을 그리워하다
어린 나이에 죽임당한 명복을 빌었다
낙산 기슭에 흐드러지던 자지초紫芝草를 꺾어
자지동천紫芝洞泉 물에 비단을 물들인 뒤
동묘 옆 여인시장에 내다 팔아 입에 풀칠하며
단종 묫까지 사느라 여든한 살을 채웠다

사람이 가면 역사도 잊히는 것
250년 뒤 영조가 정업원옛터라는 비석을 세우고

소녀부터 할머니까지 매일 올랐던 바위에는

동망봉東望峰이란 어자御字를 새겨 잠깐 위로받았으나

일제강점기 때 채석장으로 변해

어자는 온데간데없이 사라졌고

봉우리는 어린이공원으로 탈바꿈하느라

이마가 까이고 있었다

살곶이다리

겸손을 배운다
육백 살 된 살곶이다리에서

엄청난 자연의 힘에
어쩔 수 없이 당하면서도
맞서 싸운 사람들의 겸손을

사람 손에 시달렸어도
그 사람들을 위해 아낌없이
몸을 내 준 큰마음 덕분에
딛고 오갔던 사람들 모두 떠났어도
아직도 튼튼하게 서 있는 널돌들

움켜쥐는 것보다 베푸는 게
훨씬 이롭다는 것을
태종 이방원도 뒤늦게 깨달아

화살 쏘며 사냥하던 살곶이벌
중랑천에 돌다리 놓으라고 했을 것이다
피 냄새 진동하던 권력투쟁의 무상함도
함께 씻고자 했을 것이다

응봉산에 올라 보니

개나리가 온 바위산을 덮어
봄이 왔음을 노랗게 알려 주던
응봉산에 올라 보니 대뜸 환해졌다

뚝섬과 저자도 앞 동호가
왜 그리 많은 시인들의 마음에 오르내리고
왜 독서당이 이곳에 만들어졌는지
왜 이성계와 태종이 자주 매사냥을 했고
왜 요즘 사람들이 응봉산, 응봉산 노래하는지

중랑천이 한강을 만나고, 압구정을 돌아
굽이굽이 서달산으로 빠져나가고
용마 청계 목멱 삼각산이
한 눈에 그림처럼 펼쳐지는 곳

응봉에서 쏜 화살을 맞은 새가 떨어진
중랑포 도요연은 살곶이가 되었다는 전설은
빽빽하게 들어선 아파트 속에서도 살아 있었다

아차산성

좋은 건 아끼고 아껴
맨 나중에 먹고 보듯
맘만 먹으면 쪼르륵 다다르는 곳

스스로 말미암는 사람 된 지
5년 지나고 나서야 겨우
종종 걸음으로 직장 가는 사람들과
거꾸로 흐르고 흘러
봄 맞으러 온 이곳

같은 할아버지 모시는 한 겨레
한 뿌리, 언니 아우들 어이하다
줄기 갈려 피터지게, 팔다리 부러지게
하늘 함께 일 수 없다는 듯 싸웠을까

그렇게 옥신각신하던 사람들 모두
물로 흙으로 바람으로 사라진 이곳
아차산 흙 돌 풀 새 나무 바람 다람쥐
한가람 느긋하게 바라보며
그 어처구니없음을 혀 차고

말 살쩌우는

구월이 높은 파란 바다

너무 늦게 왔음 나무라듯

내리쏟아 눈 뜨지 못하게 한다

목멱산 해돋이

새해 새아침
목멱산을 맛본다

새 날 첫해
참새 걸음으로
새 가슴을 디디며

새 꿈을 꾸고
건강을 지키며

온 몸으로 맞은 햇귀
사랑을 키운다

서울 허파 속에서
사람들과 어울리는 삶

칡 범의 포효로
코로나 멀리 떠나보내고

까치 박새 직박구리 합창으로
새 길 새롭게 연다

용산의 꿈

사십 년을 살아도 늘 새롭다
오고 가는 사람들보다 훨씬 더 많은
사연들이 생겼다 사라지고 쌓이며
사람과 사연이 쌓인 자리엔 시간이 흐른다
한 순간도 끊이지 않는 한강처럼

임진왜란 때 왜군이 진을 쳤을 때부터
병자호란 때 호군이 차지하고
청일 러일전쟁 때 일제군대가 무단 점령한 뒤
6.25전쟁 후 미군이 주둔하는 오랫동안에도
시간은 야속하게 똑같이 흘렀다

아세안게임이 열렸던 그해 가을부터
서울올림픽이 마무리된 그해 가을까지
숙소가 있는 메인 포스트, 북에서
병원이 있는 사우스 포스트, 남까지
눈물 삭히며 오갈 때도 시간은 흘렀고

미군이 평택으로 떠나고
육군본부도 계룡대로 이전한 뒤
한갓진 전쟁기념관으로 남았던
용산이 명실상부한 서울의 중심,
대한의 용이 사는 곳으로 꿈틀대고 있다

용이 치솟고 봉황이 날아오른다고?

이순신과 유성룡의 대화

여해를 끝까지 지켜주지 못해 미안하이
서애가 무슨 잘못이겠나, 모두 시절 탓이지

사내 둘이 무거운 입을 열었다
퇴계로와 명보극장을 사이에 두고

포도鋪道 시간에 쫓기는 사람들
눈에는 들리지 않는 소달구지 말
알아들을 사람들 가슴에 대고

왜놈들을 혼구녕 내고
살풀이 한마당 멋지게 펼쳤으니
모두 다 자네 덕분일세 그려

거센 태풍 앞 호롱불 신세였던
조선 백성들을 지켜낸 자네를
죽음의 골짜기에서 구해내지도 못하고
세금만 축낸 과오를 널리 헤아려 주게나

어~허! 이게 무슨 얼토당토하지 않은 소린가

옆에서 흰 수염을 점잖게 쓰다듬던

눌재가 문득 끼어든다

누가 그대들을 탓하겠는가

지도자를 잘못 만났기 때문인 것을

밀려드는 해일을 두 세 사람이 막을 수 없는 것을

*서애西厓 : 유성룡柳成龍(1542~1607)의 호.
*여해汝諧 ; 이순신李舜臣(1545~1598)의 자.
*눌재訥齋 ; 양성지梁誠之(1415~1482)의 호.
 이들은 마른내(건천동乾川洞, 현 인현동) 부근의
 이웃으로 동시대를 살았다.

세 남자의 삼전역

가지 말라는 세월은
제멋대로 흐르고
머물러 달라는 청춘은
마음대로 떠났다

오지 말라는 흰 머리가
바람 헤치며 신나게 달려오는데
떠나 달라는 아픔은
끈질기게 달라붙고

끈은 이어지게 마련이라서
문득 M과 K를 만난 점심에
쐬주 막걸리가 춤추며
바람 같은 삼십년을 안주로 소환했다

잠실5단지 비밀요정을 모르면 간첩이었고
금융실명제 긴급명령이 내려진 밤
비는 내리는데
꼬깃꼬깃 수표가 눈물에 겹쳤다

봉원사奉元寺 역사의 역사

오백 살 넘은 느티나무가
한줄기 우람하게 하늘로 오르지 않고
세 갈래로 나뉘어 땅에 호소하고 있다

정도전의 冥府殿명부전 편액과
김정희의 고졸古拙한 붓글씨와
예산 가야사에서 강제로 이주당한 동종과
이동인 김옥균 박영효 등의 갑신정변 모의와
한글학회가 만들어진 곳이라는 역사를

고스란히 간직하고 있는 책임감인지
도선과 보우의 손때는
임진왜란과 6.25전쟁으로 찾아볼 수 없는데
연못 속 향나무가 장단 맞추며 염불하고 있다

찻길 아래로 침묵당한 창천滄川의
물줄기를 아파하는 듯 옆으로 춤추며
때 맞춰 변해야 산다고 알려주고 있다

철도건널목의 주문

땡! 땡! 땡! 땡! 땡….
수업의 시작과 끝을 알리는
종소리와 다르게
땡 땡 소리가 길게 이어지고
급하게 뛰어가던 사람들이
가을운동회 오래달리기 출발신호를 기다리듯
고가도로 밑 건널목 옆으로 길게 늘어선다

기차는 미끄러지듯 느긋하게
연신 시계 쳐다보는 이들을 무시하며
왼쪽에서 오른쪽으로
그렇게 뛰어봤자 벼룩이라는 듯
끼익 끼~익
소리 남기며 멀어지는데
한 소식이 문득 가슴에 닿는다

철도건널목은 스승이라고
스스로 멈추지 못하는 도인都人들에게
일단정지 해, 달려온 길 되돌아보고
일단정지 해, 달려갈 길 생각해보고
일단정지 해, 멈춰 기다릴 줄 알아야
사람답게 사는 길 얻은 도인道人이 된다고
땡 땡 땡은 사람 되는 주문이라고

부렴마을을 아시나요

잠실은 원래 한강 북쪽에 붙은 땅이었다
대홍수로 새내[新川]가 생겨 잠실섬이 되었다
남쪽으로 흐르던 한강 본류인 송파강을 막고
새내 폭 넓혀 강줄기를 곡선에서 직선으로 바꾸었다
송파강 물길이 막혀 석촌 호수가 생겨났고
천충天蟲 키우던 뽕밭이 금싸라기로 변했다
큰물 지면 뜬 섬 됐던 부리도浮里島, 부렴마을은
아시아선수촌공원 앞 표지석 속에 전설로 남았고

상전금토桑田金土에 놀란 뽕나무 신은
맥 빠진 상신桑神 축제에 멋쩍게 웃는다
눈으로 보는 것 너무 믿지 말라며
눈에 보이는 게 모두 진실이 아니라며

신당동 62-43

사람은 가도
사람이 짧은 삶 아등바등 살다 가도
집은 남아
집은 그때 그대로의 모습으로 남아
그 사람 인생을 홀로그램으로 펼친다

중앙시장 건너편 백학시장의
떡볶이 골목 따라 걸으면 다다르는 곳
신당동 62-43, 사람 떠난 집
대문 왼쪽에는 태극기가 휘날리고
오른쪽엔 朴正熙 문패가 걸려 있다*

안쪽 화단엔 환갑 훌쩍 넘긴 향나무가
주인의 성격을 말해주고
거실 벽엔 운명의 초침이 불뚝불뚝 울었을
달력이 '4295 5 1961'에 멈춘 채
그날의 숨 막힘을 보여준다

바람이 흐르면 사람도 바뀌는가
권력은 구렁텅이로 이끄는 마약이었을까

사람은 권력에 빠지면 나약해지는가

코앞의 이익을 위해 소탐대실하지 말라고

백수 되는 집이 말없는 가르침을 호소하고 있다

*박정희 육영수 부부는 1958년 5월부터 1961년 8월까지
이곳에 살며 5.16을 계획하고 실행했다. 이 집은
일제강점기인 1930년대에 지어진 문화주택으로 유일하게
남아 문화재로 지정됐다.

북한산 산딸기

넘지 말라는 줄 넘는 것은 두려움이다
두려움 이기라고 보내준 박수는 객기다
객기 믿고 넘은 건 부끄러운 무모함이다
무모는 새로운 것 발견하는 설렘이다
설렘은 늘어지는 삶 펴주는 긴장이다

그곳에 홀로 검붉게 익고 있었다
을축년 대홍수 때 아슬아슬하게 버티던
축대와 기둥과 지붕이 순식간에 휩쓸려 간
북한산성 행궁 터 끝자락, 잡풀에 기대
반드시 온다는 믿음 지키며 세월 삭혔다

그대는 어린아이 눈물 닦아준 천사였다
길고 긴 여름 날 징그럽게 달라붙는 날파리
휘휘 쫓으며 밭두렁 숲속에서 어서 오라며
환하게 속살 아낌없이 내어 준 엄마
금단 줄 넘어 한동안 잊었던 심 봤다

영천시장 노각

노각은 여름 해결사다
뜨거운 햇살 듬뿍 머금어
살이 땅 빛으로 물들면서
무거운 살찜으로 입맛 돋우는
살신성인 관세음보살이다

서대문 형무소와 독립문 가는 길에
만나는 영천靈泉시장 노점에서 문득
마주친 노각은 밥도둑이다

식초 쪼끔 넣고 고추장 버무리면
목마름 가시고 피로도 씻어준다
몸속에 쌓인 나쁜 것 쏟아내고
화딱지로 오른 혈압도 낮춰주는
노각은 죽어 사는 길 얻은 군자다

도곡초등학교 호두

호두가 방긋 웃었다
지인에게 책과 시집을 우편으로 보내려고
가까운 우체국에 가서 직원이 하는 말에
꼭 들어간다는 보장이 없습니다라는 말에
올라오는 화딱지 꾹꾹 눌러 담고 오는 길

도곡초등학교 담벼락에 쑥쑥 크고 있는*
호두알들이 맘 풀라며 생긋 웃음 보낸다
며칠 계속 이어지는 천둥 번개 소나기가
무섭지만 꿋꿋하게 자라는 자기를 보고
참는 것 배우라고 땀 뻘뻘 흘린다

*도곡초등학교 : 서울시 강남구 대치4동에 있다.

58

도산공원

강남구 신사동 사람들은
도산 선생이 무진장 고마울 테다

금싸라기 땅 구천이백오십 평이
시민공원으로 만들어져
새벽 낮 저녁 가리지 않고
새와 꽃과 단풍과 눈밭을
공짜로 만끽한다

망우리 공원묘지에 있던
섬뫼 묘소가 옮겨온
1973년 11월만 해도
산과 논밭이던 이곳은

도산의 묘소와
도산기념관이 없었다면
아파트와 포도鋪道로
헐떡거리고 있을 것을

신사동 사람들은
섬뫼 선생과 이혜련 여사 덕을 보면서
얼마나 그분들의 가르침을
생각하고 실천하며 살고 있을 터이다

김수영 생가 터에서

종로3가 탑골공원 건너편에서
서대문역 적십자병원까지
걸어서 1시간 안팎 걸리는 가까운 거리를
47년 7개월이란 짧은 세월 동안

죽을 고비를 세 번 넘기면서
시대의 아픔을 온 몸에 안고 살았다

열네 살, 보통학교 6학년 가을운동회 때
장티푸스에 걸려 첫 번째 죽음의 문턱을 넘은 것은
삶에 진지해지라고 내린 하늘의 명령이었고

서른 살 때 의용군으로 끌려가 청천강부근
북원훈련소에서 두 번째 죽음의 부름을 이긴 것은
공산주의의 양두구육을 알리라는 사명이었고

바로 그해 목숨 건 탈출 뒤 포로로 잡혀
중부경찰서에서 죽음 바로 앞에서 살아난 것은
독재에 맞서 자유를 지키라는 소명이었다

명령에 따르고 사명과 소명을 지키려

안주安住를 안주按酒 삼아

늘 죽을 각오로 산다는 상주사심常住死心대로

시를 짓고 글을 쓰고 술을 마셨다

왕눈에 비친 두려움에 지지 않으려

날카로운 독설을 감추지 않았다

반달할아버지

발에도 귀와 눈이 있었다
발 가는 대로 따라가다가
반달할아버지가 살던
수유동 566–26호, 아담한 집에 다다라
손 때 묻은 자필원고와 악보를 보면서

백운 인수 만경, 삼형제가
4.19 희생자들을 따듯하게 품고 있는
자락에 동요를 풀어놓은 것은
다 계획이 있었음을
다리는 먼저 알고 있었다

까치 까치 설날에
수정고드름 따 각시방 영창에 달아놓고
하얀 쪽배 타고 은하수 건너며
강으로 바다로 고기 잡으러 가는
어린이들의 푸른 마음에
봄이 오는 봄 편지를 띄워주었던

외길을 고스란히 담은 윤극영 가옥 옆
반달마을마당에서는 아이 어른 어르신들이
반달을 가슴으로 부르고 있었다

아침이슬비

이슬조차 오지 않았다
꽝꽝 얼어붙은 마음은
땅을 밀어내 서릿발 만들고

귀 닫은 비심非心자들은
알랑방구 꾸는 사이비들에 싸여
눈물조차 말라 거북등 되었다

이슬이 없어진 건 아니었다
긴 밤 지새우고 풀잎마다 맺힌 노래로*
메마른 가슴들 적셔주었다

어둠은 무한하지 않았다
얼음장 밑에서도 물고기는 팔딱거렸고
이슬은 봄바람에 실려
아침이슬비碑에 촉촉이 내려앉았다

*김민기가 1970년 8월에 작곡해 1971년에 발표한 노래
'아침이슬'의 첫 구절. '아침이슬' 50주년을 맞아
수유동 4.19국립민주묘지 입구에 '아침이슬비'가 세워졌다.

삼각지 노래비

무심이 때문이었다
돌아가는 삼각지 노래비가
날 좀 보소, 날 좀 보소라는 듯
치마 펄럭이며 호소하고 있는데
몇 번이나 오가면서도
눈길 한 번 주지 않았던 것은

남으로 가면 한가람이고
동으로 발길 잡으면 이태원에 닿고
북으로는 숭례문으로 이어져
세모 땅이라고 불렸던 이곳에

궂은비 오는 날
잃어버린 그 사람을 아쉬워하는
외로운 사나이가 울고 갔다는*
배호의 구수한 목소리가 흔들렸다

한때 조국근대화 상징의 하나로 뽐내던
입체교차로가 존재의 이유를 잃었다며
스물일곱 살 만에 생을 마감한 이곳에
부끄러운 듯 서녘하늘이 발갛게 웃고 있었다

*이인선 작사, 배상태 작곡, 배호 노래, '돌아가는
 삼각지'에서 인용.

고속터미널에 비 내리고

고속터미널에 비가 내린다
바쁘게 몰아치는 세월에게
아쉬워도 하루 쯤 쉬어가라는 듯
많게도 적지도 않게 사연으로 스민다

이 비는 그해 가을
눈과 코와 가슴에서
피눈물 강요하며
뫼골로 떠나도록 한 응어리

이 비는 그해 여름
길 건너 주공3단지에
외사랑 놓고 논산으로 떠나야 했던
몸만 크고 마음은 덜 익었던 철부지

이 비는 그해 겨울
충청 전라 경상 강원도를
한 바퀴 돌며 잘림의 아픔을
조근조근 새김질했던 회초리

고향과 제2의 고향을 이어주던
아슬아슬한 시공간 나룻배인 듯
그 사람들이 떠난 자리를 쓰다듬으며
고속터미널에 비가 나직나직 오신다

석촌호수의 나이

혹시 이거 아시나요
석촌호수 나이가 쉰 남짓이라는 사실 말이에요

봄이면 흐드러지게 피는 벚꽃으로
여름엔 123빌딩 감싸는 구름안개로
가을엔 울긋불긋 뽐내는 단풍으로
겨울엔 가슴 먹먹하게 하는 삼전도비로

울고 웃게 만드는 석촌호수가
그렇게 젊다고요, 잘못 안 거 아닌가요

믿기 힘들지요
그런데 더 놀랄만한 일이 있어요
빌딩 숲인 잠실이 한강에 있던 섬이었다는 것이에요
헛소리 하지 말라고요

1960년대 이전에 만들어진 지도를 찾아보세요
원래 이곳은 풍납토성부터 석촌호수를 거쳐
탄천과 양재천을 만난 뒤 청담대교 아래로
흘러드는 송파강이라고 불렸지요

지금 석촌호수로[路] 상당 부분이 당시 물줄기였고요

1925년에 있었던 을축대홍수 들어보셨나요
그때 지금 한강 본류가 된 새로운 물줄기, 새내가 생겼고
1970년대 초 잠실지구를 개발하면서 송파강을 막고
새내를 확장해 석촌호수만 맹장처럼 남았지요
잠실야구장도 부리도[浮里島]라는 섬이었고요

눈과 귀와 가슴 활짝 열고 들어 보세요
석촌호수가 전해 주는 수많은 애기가 들릴 거여요

차관아파트

시간이 흐르면
공간이 바뀌고 기억도 희미해져
현재는 과거로 밀고
미래를 눈앞으로 끌어온다
뒷물이 앞 물을 끊임없이 밀어내듯

과거는 잊는 게 좋을까
먹고 잠 잘 곳마저 적었던 보릿고개 시절에
외국 돈 빌려 아파트를 지었다는
부끄러운 추억은 갈아엎어 땅 속에
묻는 게 낫다는 합의였을까

힐스테이트 1, 2단지로 거듭난
삼성동 16, 16-2, 50에는 어린이놀이터와
주민운동시설과 학봉공원이 멋지게 자리해도
AID아파트 자리였다는 표지는 찾을 수 없다

미국의 국제개발처에서 차관을 받아
아파트를 지을 정도로 가난했던 대한민국이
일곱 번째로 30-50클럽에 가입해
다른 나라를 돕게 됐다는 사실을
당당히 밝힐 통 큰 가슴을 기대하는 건
정녕 연목구어緣木求魚였나 보다

신림동 굴참나무*

날 보러 오세요
콘크리트와 아스팔트에 숨 막히고
나날이 뒷걸음질 치는 머리와
다달이 야위어가는 몸뚱이와
해마다 깊어가는 외로움을

와서 달래 주세요
강감찬 장군이 들고 다니던
지팡이를 꽂아 1000년의 이야기를
고이 간직하고 있는데도
귀 기울이는 사람이 드무네요

수많은 꿈을 담은 전설을
미신이라며 내동댕이치는
가짜 합리성이 꽉꽉 옥죄는
나를 살려

21세기를 헤쳐 나아갈
지혜 받아가세요
텅 빈 가슴으로
발품 팔아 오시는 분들께
듬뿍 드릴 테니까요

*관악구 신림13동 721-2 건영아파트2차 나동 앞에 있는
 천연기념물 271호.

수출의 다리

다리가 아파하고 있었다
쉰 살 넘은 나이 때문만은 아니었다
100세 시대에 오십은 청춘인데
아무리 짐이 무거워도
거뜬히 질, 힘과 뜻은 있었다

다리가 신음하는 건
달라진 대접 때문이었다
잘 살아보자는 꿈을 안고
구로공단에서 태어난 아이들을 가득 실어
인천항으로 내달릴 때는 힘든 줄 몰랐다

다리가 과거회귀병에 걸린 것도 아니었다
반짝반짝 빛나던 '수출의 다리'라는 명패가
퇴색되고 반쯤 떨어져 바람에 시달리며
상습정체구간이라 투덜대는 손가락질을
견뎌야 하는 게 속상한 것도 아니었다

그래도 다리는 꾹꾹 참는 것이었다
내가 서럽다고, 말만 번지르르하게 하는 놈들이 얄밉다고
대한민국의 앞날이 걱정된다고
나까지 혼줄 놓으면 혼쭐나는 건
착한 백성들뿐이니, 혼자 다 받아내는 것이었다

청담근린공원

가 보지 않으면
좋은 줄 모르고
모르면 아득히 멀지만
배우면 문득 이웃으로 다가온다

청담근린공원이 그랬다
포도鋪道와 아파트로 패대기쳐진
강남 한가운데에 이렇게 우거진 산이
남아 있을 수 있다니….

좋은 건
잘 보이지 않아야 한다는 건
책임지지 않으려는 관료들의 고질일까

홍순언과 강남녀 비碑를 찾아
공원 산책길을 세 번이나 샅샅이
훑고서야 겨우 가슴에 넣었다

공무 맡은 역관譯官이
청루靑樓를 기웃댔다는 게
깨끗한 척 하던 주희 똘마니들을
화나게 한 것이
사실史實을 전설傳說로 만들었을까

가리봉시장

걸어가야 할 곳을
차 몰고 간 것이 잘못이었다

가리봉동 골목길 네거리에서
가리봉 시장으로 가는 가파른 내리막길을
엉금엉금 조심조심 운전하는 데

시장 입구 길 양 옆에
세워놓은 다마스 두 대가
수문장처럼 버티고 서 있었다

보릿고개를 피해 구로공단으로 밀려온
누나 엉아들이 한 지붕에 서른일곱 집이
빼곡하게 사는 벌집, 쪽방에서 살면서도
잘 살 수 있다는 희망으로 살았던 곳,

누나 엉아들이 떠난 일터엔
디지털단지가 널찍하게 들어섰고
먹거리 입거리를 마련하던 시장엔
독립투쟁하던 후손들이 보금자리를 틀었다

사람이 가도 공간은 남는 것
시간이 흘러도 생활은 이어지는 것

먹먹함을 안고 진양조로 걸으니
그날의 삶이 내일을 보여주었다

*구로구 가리봉동 123-53에 있는 전통시장.

앰배서더호텔의 원산폭격

나는 특급호텔에 처음 들어와 놀랐고
손님은 느닷없는 군인들 등장에 무덤덤한
부조화가 잠깐 정지화면이 됐다

눈을 의심할 수밖에 없었다
평택의 캠프 험프리에서 교육을 마친 뒤
121후송병원에 배치됐다는 명령을 받고
따블 백 메고 버스에 실려 다다른 곳이
으리으리한 앰배서더호텔!

벌어진 입을 다물 수 없었던 것은
양탄자 깔린 객실에서 원산폭격을
하면서, 소리 내면 죽이겠다는 겨우
한 달 고참의 뒤죽박죽 명령이었다

86아시안게임이 열리기 직전이라서
한국을 찾은 외국인들이 쿵쾅 소리에
잠 설쳐선 안 된다는 부조리였다

성균관 새김질

명륜당 뜰과 대성전 마당 양쪽에
은행나무 두 그루 씩 웅장하게 서 있습니다
전국의 인재들이 모인 이곳에서 나를 본받아
나라의 기둥과 대들보가 되라는 말이 보입니다

그런데 길가 가로수 아래서 꿈틀대는
쿠린내가 전혀 들리지 않습니다

임진왜란과 6.25 전화戰禍를 거뜬히 이겨내고
오백 살을 훨씬 넘기고도 팔팔한 젊음을 자랑하지만
북풍한설이 몰아칠 때 백성의 해소천식을 달래 줄
노란 은행 수백 가마를 허공에 뿌리고 말았습니다

아직 꽃피지 못한 사람의 재능을 이루고
여전히 가지런하지 못한 풍속을 고르게 한다는
성균成均의 본디 뜻을 제대로 알지 못했을까요

겉만 하얗게 꾸미고 속은 시커먼 늑대란 걸
미루어 짐작하라는 뜻이었을까요

자물쇠로 잠긴 대성전에 유폐된
공자님은 무슨 말씀을 하고 계신지
맘 막힌 사람들에겐 들리지 않았을까요

망우리공원

장맛비 걱정 덜어내려
가볍게 옮긴 발걸음에
그님들 무거운 한숨
애써 참고 삼킨 신음
올라탔는지 마음 무겁다

이성계
청량리에 영원히 잠들 곳 찾아
걱정을 잊었다고 해서 망우리忘憂里로
불리게 됐다는 이곳

1933년 5월27일부터
이만 팔천 오백여 명은
걱정 잊지 못하고 잠들었다

만해 한용운
위창 오세창
소파 방정환
시인 박인환
대향 이중섭

월파 김상용

…

이곳에 머물던
도산 안창호가
신사동 도산공원으로 이사했듯
일만 천여 명이 떠나고
일만 칠천여 명만 남은 곳

거센 비 뚫고
그님들 넋 찾으러 나선 길
가벼운 발걸음으로 찾았다
무거운 가슴 안고 겨우 돌아왔다

용이 치솟고 봉황이 날아오른다고?

많이 안다는 건 모르는 거다
효심이 지극하다는 건 괴로움,
트라우마와 콤플렉스는 비극이었다

없었다, 스무 해 전 이곳에 살았을 땐
있었다, 칡 범 해 봄맞이 하러 문득 왔을 땐
달라진 건, 보이게 했고 보였다는 것

이산李祘은 덜 아는 게 좋았다
홍재弘齋는 덜 효성스러워야 했고
정조正祖는 덜 콤플렉스에 시달려야 했다

용이 치솟고 봉황이 날아오르는 정자란 건
그럴싸한 말과 예쁘게 꾸민 얼굴의 표본인데
모든 시내와 맑은 달의 주인이 된 노인이
하는 건 부끄러움이고, 몰랐다면 임금이 아니다

임금은 사대부와 뭇 백성과는 다른 것
아비가 억울하게 죽었어도 가슴에 담고
신하가 부족해도 두 팔 벌려 안아야 하는 것

지구는 빠르게 돌고 도는 데

먼 서양과 가까운 왜는 밤낮 없이 바뀌는데

배다리 만들고 용양봉저정 지어 화성 오갔다는 건*

아무리 바꿔 생각해도 박수 치기 힘들다

*용양봉저정龍驤鳳翥亭 : 서울시 동작구 본동 10-30 소재.
 정조가 화성 가면서 부교로 한강을 건너기 위해 지은 임시 행궁.
 이곳에서 한강 너머 산의 모습이 용이 머리를 들고 솟고
 봉황이 날아오르는 모습이라고 해서 정자이름을
 용양봉저정이라 지었다.

전쟁을 기념하는 전쟁기념관

두 시간이면 충분할 것이란
생각은 오산이었다

송년회와 결혼식에 참석하러
서쪽 귀퉁이 모습만 몇 번 봤다가
더 이상 미룰 수 없어 큰 맘 먹고 찾은
전쟁기념관!

은은한 촛불이 흔들리고
낭랑한 물소리가 그님들의 얼처럼
시리게 다가오는 호국추모실

그놈의 망상 때문에
아버지와 아들이, 형과 동생이
총부리 겨누고 3년 동안이나 싸웠던
6.25전쟁의 아픔을 고스란히 전해주는
자료 유품 영상들

전쟁의 폐허를 딛고
경제대국으로 군사강국으로 거듭나

UN평화유지군으로 지구 곳곳에서 활약하는
자랑스러운 국군들

이 모든 것을
눈으로 돌아보는 데도
두 시간으로는 모자랐다

가슴으로 느끼는 데는
얼마나 더 걸릴지
다음을 기약해야 했다

제3부

웨딩드레스를 그리며

윤동주 시비에서

하루하루가 괴로웠을 것이다
우리말, 한글을 쓰면 잡혀가는
일제강점기에 구차한 삶 살아야 하는
감수성 넘치는 젊은 시인에게
잎새에 이는 바람은, 일제수탈에 고통 받는
동포의 신음으로 가슴을 휘저었을 것이다

그 괴로움을 견디고 견디다
이리 잡으러 늑대 굴에 뛰어들었다가
더럽고 치사하고 잔악스런 승냥이에게
목덜미 잡혀 생체실험이란 국가폭력에
스물여덟 인생을 강탈당했어도
그것 자체는 아프지 않았을 것이다

몸은 빼앗겼어도
얼은 오롯이 지켜
영원한 청년 시인으로 살아있는 시인에게

괴로움은
별이 스치우는 밤에

주어진 길을 걸어가지 못한 것보다

일찍 철든 젊음을 보낸 핀슨관 앞
고즈넉한 숲에 아담하게 자리 잡은
윤동주 시비를 뒤늦게 찾은 게으름을,

입학한 지 얼마 안 된 새내기라서
국문학과에 다니지 않아서 모르겠다는
어린 후배들을 아마도 더 아파할 것이다

상동교회의 발견*

삶은 우연으로 얽힌 인연 덩어리요
역사는 삶과 삶이 부딪쳐 만든 실타래다

3대에 걸쳐 항일독립투쟁을 한
오광선 장군이 걸어간 길을 살피다가
문득 만나게 된 상동尚洞교회,

신세계백화점 옆 남대문시장 큰길가에 있어
모르긴 몰라도 수백 번은 지나쳤을 텐데
지금까지 본 기억이 없다는 게 신기하기만 한데

이곳 지하실에서 신민회가 만들어졌고
이곳 지하실에서 헤이그밀사가 모의됐고
이곳 청년학원에서 이동녕 신채호 김구 이준 등에게

오성묵이 대한독립사상을 배우고
만주 신흥무관학교에서 교관훈련을 받아
봉오동 청산리 대전자령 전투에서 대승을 거두는

밑거름이 되었다는 사실을 새로 알게 됐으니
역사는 우연으로 얽힌 삶의 용광로임을 깨닫게 됐으니

*서울시 중구 남창동 1-2에 있다. 오광선吳光鮮의 본명은
성묵性默이었다.

웨딩드레스를 그리며

웨딩드레스는
아파트 광풍에 휩쓸려
마지막 숨을 헐떡이는
물 떠난 붕어 신세가 되었다

한 가닥 희망도
설마가 사람 잡는다는 속담에
속절없이 사라진
잔디불이가 되고

아현동 고개 양 옆을
휘황찬란하게 수놓았던
웨딩드레스 가게는
근대화 시대의 맹장으로 남아

대학입시학원과
휴대폰 판매장과
부동산중개소에
뒤늦은 추파를 던지고 있었다

길상사의 만남

길상사에 가면
사람이 맑고 향기로워진다

법정 스님과 김수환 추기경의 환한 미소를 보고
천주교 신자가 조각한 관세음보살상 앞에서 비손하며
기독교 신자가 기증한 7층 석탑에서 탑돌이하면

사람이 욕심으로 쌓아 올린 벽들이 낮아지고
덕지덕지 끼었던 때가 하나씩 떨어져 나가
마음에서 맑고 향기로운 내음이 폴폴 솟아난다

길상사 불이문에 들어서면
저절로 옷깃을 여미게 된다

진한 화장과 요란한 술상과
끈적끈적한 욕망이 흥건했던 요정에
극락전이 들어섰고

사랑하고도 만날 수 없던
사연이 빨간 꽃무릇으로 피어나

법정스님의 무소유를 생생하게 살리고 있다

맑고 향기로운 길상사에선
수천억 원 재산이 시詩 한 줄보다 못하다는
자야子夜의 길 얻음에, 애기단풍이 곱게 물들며
둘이 곧 하나임을 깨달으라고 속삭인다

서울생활사박물관[*]

훌쩍 떠나 보세요
잊었던 삶이 성큼 다가오고
헤매던 인생길이 드러날 거여요

우리 아버지 할아버지들이
정든 논밭, 피눈물 섞인 고기잡이배, 떠나
서울 한 구석에 터 잡고 제2의 고향 삼으며
향수를 달래던 그 삶들 말이에요

여기엔 무허가 판잣집이 손짓하고
저기선 연탄아궁이 부엌이 말짓하고
일시에 쥐를 잡자는 농수산부 포스터와
싸우면서 건설한다는 여의도 윤중제 표어가
못난이 삼형제의 야릇한 미소를 자아냅니다

녹색 포니 택시가 투박한 시절을 얘기하고
중고등학교 배정을 하던 추첨기가 쑥스럽고
우량아 선발대회와 고등학교 교복과 교련복이
나의 나이를 일깨워 주더군요

어떻게 사는 게 재밌고 뜻 깊은 것인지 알려면

SNS를 닫고 가벼운 마음으로, 훌쩍 떠나보세요

내가 누구인지와 살아야 할 이유를 금세 알 수 있을 거여요

*노원구 공릉동 622, 서울북부법조단지를 개조해 2019년 7월에
개관했다. 지하철 6,7호선 태릉입구역 5,6번 출구에서 가깝다.

경춘선숲길을 걸으며

우리가 백미러를 보는 것은
뒤로 가기 위해서가 아니라
앞으로 안전하게 나아가기 위해서다

우리가 경춘선숲길을 걷는 것은
흘러간 세월의 강에 빠지려는 게 아니라
앞으로 살아가야 할 올바른 길을 찾는 마음에서다

그 길은 머리에선 까마득히 잊혔지만
흔들리는 마음을, 산들거리는 수크렁이
풀을 묶어, 은혜를 갚는 가르침으로 잡아 주고

그 길은 가슴속에 멋진 추억으로 남아
봄 여름 가을 겨울이 저마다 아름다움을 뽐내듯
삶도 제 철에 맞게 살아야 함을 보여준다

엄마 곁에서 아장아장 걷는 아이와
세상 모든 것 다 가진 듯 행복한 연인과
지친 시름 바람으로 날려버리려는 중년과
서둘 것 없이 느릿느릿 소일하는 어르신들이

하나로 어울려 인생을 보여주는
경춘선 숲길은, 백미러를 보면서
미래를 향해 힘찬 발걸음 내딛는
참으로 따듯한 엄마 품이다

장면 가옥[*]

꼭 가야 할 곳은
일부러 찾아가지 않아도
저절로 발길이 닿는다

연극 사곡리49를 보러
명륜동 동숭무대소극장 가는 길에
문득 만난 장면 가옥이 그랬다

언제 반드시 가봐야겠다는
목록에는 들어 있지 않았어도
봐야 할 때가 되니
숨결이 자연스럽게 이어졌다

초중고대학생과 시민들의 피로 얻은
4.19혁명의 자유민주주의를
5.16쿠데타에게 넘겨준 사정을
따져보려고 했는데 문이 닫혀 있었다

코로나 때문이라는 안내문이
아직 때가 무르익지 않았다고 읽혀
집 앞의 좌상과 짝 맺음으로 아쉬움을 달랬다

*종로구 명륜1가 36-1에 있다.

궁정동 무궁화동산

사람이 끊어져도
역사는 이어진다

종로구 궁정동 55-3번지에 있던
중앙정보부의 안가가 헐리고
무궁화동산으로 바뀌었어도

박정희 대통령이 이곳에서
김재규 중앙정보부장이 쏜 총알에
시해됐다는 사실을 알려주지 않아도

만리장성도 안에서부터 무너지고
인의장막도 측근에서부터 허물어지듯
총칼로 세우고 유지하는 철권통치도

언론에 아무리 재갈을 물려도
내부의 감정싸움과 권력쟁탈로 쓰러진다는
다이아몬드 법칙은 저절로 빛나고

사람이 끊어져야 역사가 발전한다는 진리도
겨울이 가고 봄이 오는 것처럼 스스로 반짝인다

덕수궁 돌담길

길은 길이되
길이 아닌 길

땅은 우리 땅이어도
길은 우리 길이 아니라
맘대로 다닐 수 없고
가슴으로만 오갔던 길

그 길이 뚫렸다기에
고종의 길이다
대한제국의 길이다
떠들썩하기에

걸었으되 여전히
가슴으로 걸어야 하는 길

닫혔던 돌담길
100미터는 찾아왔지만
나머지는 여전히
우리 땅의 남의 길

영국대사관 마당 피해
경운궁 돌담을 허물어
억지로 이은
상처투성이 길

아픔으로 오가는 길
낙엽마저 흐느끼는 길

단군성전의 눈물

참 고마운 것은
참으로 소중한 것은
참말로 잊기 쉽다

공기 가운데 산소가 그렇고
우주 가운데 해와 비가 그렇고
사람 가운데 부모자녀가 그렇다

너무 가까이 있어
너무 자주 보고 있어
너무 중요함을 소홀히 하다
갑자기 없어질 때에
너무 놀라지만 이미 늦다

단군도 그렇다
사직단 위 사직공원 안 단군성전에
단군 영정이 모셔져 있는데
있는지도 모르고 가보지도 않는다

하늘의 임금님 환인의 손자이자

하늘에서 내려온 땅의 임금님 환웅의 아들이며

반만년 역사를 시작한 배달겨레 임금님인

단군을 까마득히 잊었고

홍익인간과 재세이화의 멋진 철학을 모두 잃어버렸다

물 떠난 물고기는 살 수 없고

숲 버린 풀 나무는 말라 죽는다

뿌리를 모르면서 하늘을 알 수 없듯

뜻 품은 사람만이 쭉쭉 발전한다

단성사의 최시형

마음이 없으면
봐도 보이지 않고
들어도 들리지 않으며
먹어도 그 맛을 모른다

젊었을 때
장군의 아들과 서편제를 보러
단성사에 들고났어도
해월 최시형이 이곳에서 교수형 당했고
무고한 백성들 주리 튼 좌포도청이 있었다는 사실이
오늘에야 겨우 눈에 들어왔다

영화의 날이 10월27일인 것은
한국 최초의 키노드라마인*
'의리적 구토(仇討)'가 단성사에서
1919년 10월27일에 상영된 것을
기념하는 것이란 사실도
21세기가 시작된 지 한참 지나서야 알았다

아는 게 아는 게 아니니

안다고 우쭐대는 게 얼마나 보잘것없는 지도

고층건물로 새로 단장한 단성사에서

오늘 새삼 가슴을 쩔렀다

*키노드라마: 연쇄활동 사진극. 무대에서 표현하기 어려운
야외 장면이나 활극 장면을 영화로 찍어 연극 중에
무대 위 스크린에 삽입한 것으로, 연극에 가까운
초창기 영화.

회현동 은행나무

사람은 나무를 남기고
나무는 전설을 심었다

어진 이들이 모여 사는 동네
회현동會賢洞, 우리은행 본점에
오백 살도 넘은 은행나무가
주렁주렁 열매로 청춘을 뽐내고

가을바람을 바라는 사람들이
정광필부터 정승 12명을 배출한
집터가 전하는 가르침을 듣고 있다

넉넉한 품으로 더위를 식혀주고
풍성한 은빛 살구로 가래 천식을 삭혀주며
힘차게 사는 게 사람의 몫이라는 가르침을

임진왜란과 병자호란
일제강점과 6.25전쟁을 고스란히 이겨내고
숨 막히는 공해와 코로나를 견디는
서울 나무가 베푸는 살림을 키우고 있다*

*은행나무는 서울시의 시목市木이다.

그해 여름 동묘

이쯤이었을 것이다
서울의 봄이 군화 발에 무참히 짓밟히고
두해 지난 여름방학 때였다
시골에서 중학교를 함께 다니다 서울에 온
머슴아 셋이 동대문 근처에서 모였다

공업고등학교 졸업하고 먼저 사회에 뛰어든
M이 술 한 잔 사겠다고 주화酒話를 마련했다
못 본 지 삼년 된 반가움에 맥주병이 자꾸 비었고

그날 술값이 얼마였을까
입만 살았던 철부지 대학생은
M이 내는 돈에서 스트레스를 보지 못했다

사십년 흐른 뒤에야 문득 풍긴 그날 돈 냄새
우연히 발걸음 한 동묘에서
삼국지연의 관운장이 왜 여기서 나오는 지
갸우뚱거리다 불쑥 그해 여름의 돈이 튀었다

안중근기념관에서의 참회

그것은 아주 당연한 일이다
안중근기념관이 목멱산 중턱
일제의 조선신궁 있던 자리에
우뚝 서 있는 것,
그것은 매우 통쾌한 일이다

1909년 그해
10월26일 그날
오전 9시30분 그때
하얼빈역 바로 그곳에서

대한독립의군 안중근 장군이
역사와 배달겨레의 이름으로
침략의 원흉 이등박문의 심장과 배에
정의의 총알을 세발 박아 처단하고
코레아 후라! 대한만세!를 외친 것은
가슴 벅찬 일이었다

이익을 보면 올바름을 생각하고
나라가 위험에 닥치면 목숨을 바친다는

안중근 장군의 유묵遺墨을 보면
부끄러움으로 얼굴이 화끈거리는 일이다

내가 죽은 뒤에 나의 뼈를 하얼빈공원 곁에 묻었다가
우리 국권이 회복되거든 고국으로 옮겨 묻어달라는
유언遺言을 광복된 지 77년이나 흘렀는데도 아직
지켜주지 못한 채 기념관만 찾는 것은
안중근 장군에게 죄를 짓는 일이다

쓸쓸한 세종대왕기념관

코로나는 핑계였을 것이다
사회적 거리두기는 좋은 구실이었을 테고,

세종대왕이
저 높은 좌대에 홀로 앉아
찾는 사람 별로 없는
청량리동 산 1-157에서
주시경과 답답한 말싸움만 하고 있었다

아버지 태종 곁에 묻혔는데
겨우 19년 만에 저 멀리 여주로
천장遷葬된 음모를 밝히라는 뜻이었을까

내곡동 영릉英陵 근처에 묻었던
세종대왕신도비의 비문이 몰라볼 정도로 상했고
주인 잃은 석물石物들이 외상 입고
할 말을 잃은 채 떨고 있었다

청계천 수량을 재던 수표水標는
장충단으로 강제이주 당했다가

세종대왕 옆으로 옮겼으나
물 떠나 수명이 끝난 지 오래됐고

하늘을 찌를듯하던 세종성왕기념탑도
말로만 떠받드는 사이비들의 발 끊음에
기가 죽어 까막까치들과만 벗하고 있었다

한글날이 코앞인데도 코로나를 핑계로
세종대왕기념관은 잃은 사람들의
헛 마당으로 뒹굴고 있었다

한남대교 전망카페

시공간과의 대결이다
보이는 것을 버려야
보이지 않는 것이 보인다

몸 눈(肉眼)을 감고
마음 눈(心眼)과 소리 눈(聽眼)과
다리 눈(足眼)을 열어야
겨우 아슴푸레하게 떠오른다

한남동과 신사동을 이어주는
한강 네 번째 다리, 한남대교,
왕복 12차로 위를 쌩쌩 달리는
자동차 물결 사이로 가물거리는
새말나루터와 사평리도선장이

늘 병목으로 늘어선
경부고속도로 양 옆으로 펼쳐진
모래밭에서 쑥쑥 크던 땅콩이
넉넉한 느티나무 그늘 아래서
들일에 쏟아진 땀 식히던 농부가,

코로나로 문이 닫힌

한남대교 전망카페에 거부당한 채

눈을 감으니 실마리 하나 남기지 않고 변한

시공간이 고집을 늦추고

그때 모습을 살짝 보여주었다

289번 시내버스*

289번 시내버스는
투박함과 세련의 먼 거리
꿈과 현실 잇기 바라는 가냘픈 끈이었다

멋과 거리 멀게 무지막지한 강철 교문을
간신히 빠져 신림사거리에서 우회전할 땐
콩콩 뛰고, 사당사거리에서 왼쪽으로 돌 땐
발개졌다가, 이수교차로 지나면 뒤죽박죽이었다
고속터미널에선, 이미 멍청한 웃음뿐이었다

책을 펴면 책장에 얼굴 꽃이 피었다
길을 걸으면 목소리에 노래가 스몄다
잠을 자려면 천장에 파노라마 펴졌다
꿈과 현실은 칠월칠석 전설 기다렸다

289번 시내버스는 사회사社會死하고
반포주공3단지는 반포자이로 탈바꿈했다
사람은 떠났고 나는 추억으로 남았다

*289번 시내버스는 1980년대 서울대에서 신림동
봉천동 고속터미널을 거쳐 한남대교를 지나
약수동까지 오가던 노선버스였다.

선정릉의 숲속음악회

후둑 후드득

도토리가 말을 걸자

투둑 투탁탁

땅이 화답을 하고

얼씨구 절씨구

풀벌레가 추임새를 넣으며

가을이 익어간다

생각마당인 선정릉에 어둠이 내리고

코로나로 발길이 일찍 끊기자

제철 만난 도토리가 땅 문을 두드리고

청개구리가 비 오지 말라고 하소연한다

성종과 중중도 흐뭇했을 것이다

가을 저녁 숲속 작은 음악회가 열리고

아스팔트와 콘크리트에 허덕이던 도인都人이

짐과 잡념을 흙길에 잠시 내려놓고

무덤에서 새 힘 얻는 것을 보고

이곳에 머물러 허파 된 보람에 미소 지었을 것이다

봉은사 판전板殿

완당은 마지막 남은 힘을
모두 쏟아냈을 것이다

한창 잘 나가던 때의 호기와
12년 동안의 길고 긴 유배생활 끝에 얻은
노환을 한데 모아, 한평생을 마무리하면서

이마엔 땀이 송골송골 돋고
손은 체머리 하듯 떨렸을 것이다

떨린 것은 붓만이 아니었을 것이다
기울어가는 나라를 똑바로 세우고
도탄에 빠진 백성을 구제하고자
노심초사했던 수많은 날들의 회한으로
손도 마음도 함께 흔들렸을 것이다

판전板殿 이 두 자에
삶의 모든 것을 담았을 것이다

삐치지 않고 뭉툭하게 멈춘 획에
사흘 뒤 귀천한 이후의 스토리를
뭉게뭉게 풀어놓으려 했을 것이다

일원에코파크*

생각을 바꾸면 행동이 바뀌고
행동이 바뀌면 습관이 달라지고
습관이 달라지면 인생이 바뀐다

가을 햇살 듬뿍 받으며 살랑살랑 걸으니
울긋불긋 단장하느라 바쁜 잎새가 인사하고
잣나무도 건강하라고 피톤치드 흠뻑 뿜어낸다
넓은 에코센터에선 코로나백신접종이 한창이고,

시간부자들은 원두막에서 얘기꽃 피운다
아직 할일을 끝내지 못한 꿀벌이 몸을 떨며
토끼풀꽃과 쑥부쟁이에 여섯 발로 비는데

이렇게 아름다운 공원이
시궁창 냄새 풀풀 풍기던
탄천물재생센터를 복개해 만들었다는 말에
후다닥 귀가 깜박인다

사람은 기술을 만들고
기술은 삶을 가꾼다는 것을
일원에코파크가 술 술 술 알려주었다

*강남구 일원동 4-12에 있는 인공생태공원.
 지하철 3호선 3번 출구에서 5분 거리.

개화산 사우死友

그해 여름, 그 닷새 동안
밤낮을 가리지 않고 내린
총탄비는 피눈물 소나기로
꽃피는 뫼, 벌겋게 물들였다

더 이상 물러설 땅이 없기에
마지막 총알을 아끼고 아끼며
오로지 맨몸으로 막고 버티다
얼 꽃으로 다시 피어난
1사단 12연대 2대대 1100여 장병들!

울산 인천 익산 금산 서울….
태어난 곳과 날은 달라도
죽은 날과 곳은 같은
사우死友가 되었다

아름다운 한강과 북쪽을 함께 하고
하늬바람 불어오는 황해를 바라보니
온누리로 뻗어가는 하늘 길 김포에서
독도부터 달려온 빛 온몸으로 맞이한 곳

개화산은 숨죽이고
호국충혼영령들은 말을 아꼈다

광주바위의 사연

광주廣州에 있던 바위가
서울 양천으로 온 것은
거센 물결에
휩쓸린 것만도 아니었다

탑산 아래 동굴에서
구암龜巖이 심혈로
전 세계 베스트셀러를 쓰고 있다는 소식에
귀인을 만나러 홍수 때
길을 나선 것이었다

양천 현감이
광주바위에서 자라는 싸리나무로
비 세 자루를 만들어 해마다
광주고을에 세금으로 냈다는 전설은

의좋은 형제가
길에서 주운 황금덩어리를
강물에 빠뜨려 우애를 지켰다는
투금탄投金灘이, 허가바위와 함께
동의보감 미담삼제로 만들었다

보라매공원

계절을 즐기러 멀리 갈 것 없다
가을에는 발갛게 익어가는 느티나무가
봄에는 꽃비로 내리는 화사한 벚나무가
여름에는 짙은 그늘 만드는 아름드리나무들이
겨울에는 하얀 시루떡으로 뒤덮인 잔디광장이
생활에 묶여 멀리 갈 수 없는 사람들을
푸근하게 품고 보듬어 준다

공군사관학교가 6.25전쟁이 한창이던
1951년에, 여기서 문을 연 것은 행운이었다
서른다섯 해 동안 금인禁人 지역이었지만
참고 견딘 열매는 크고도 달콤했다

연병장은 중앙잔디광장으로
내무반은 청소년수련원으로
교회는 동작아트갤러리로
교정은 연인과 시민들이
사랑을 가꾸고 건강을 지키는 마당으로
거듭난 기적의 공간,

빈터만 보면 건물로 도배질 하려는
콘크리트 종족주의자들은
보라매공원에 꼭 가봐야 한다

가서 비움의 미학을 배우고
가서 멈춤의 가르침을 익히고
가서 느림의 즐거움을 깨쳐야 한다

한국의 집[*]

연지 곤지 찍고
천사처럼 예쁜 신부가
원삼 치마저고리가 구겨질까
족두리가 떨어질까
행여 얼굴이 보여질까
조심조심 초례청으로 들어선다
세 살배기 조카딸의 청사초롱 안내 받으며

기뻐 어쩔 줄 모르는
듬직한 군자 신랑은
사모가 비뚤어져도
관대가 흔들거려도
아랑곳하지도 않고
환한 미소로 초례청을 밝힌다
네 살 조카도 함께 신나 청사초롱이 춤을 추고

두 발 묶인 채 보자기에 싸인
암탉과 수탉도 수많은 사람들을 두려워하면서도
고운 신부와 훤한 신랑의 모습에 얼이 빠졌는지
네 눈을 끔뻑, 끔뻑거릴 때

집례자의 합근례合巹禮 구령에 맞춰

합환주合歡酒를 입에 대려고 드디어 드러난

신부 얼굴에 하례객들의 탄성이 터지고

스물일곱 해와 스물여섯 해를

따로 살았던 소년과 소녀는

남자와 여자로 하나가 되었다

*한국의 집 : 중구 필동2가 80-2, 대한극장 부근에 있는
 전통혼례 하는 곳.

제4부 /
/청파동 골목길에 첫눈이 내리고

하늘샘

하얀 머리는 흰 구름이었고
흰 수염은 이슬이었다
인자한 노인은 삼각산신령이었고,

사람은 찾을 수 없게
바위 밑으로 꼭꼭 숨은 물길을
몇날 며칠을 찾아 헤매도
낌새도 보여주지 않았던 물구멍을

문득 보여주었다
너무 지쳐 쓰러진 잠 속이었을까
기진맥진해 헛것이 보였을까

흰 구름을 벗 삼고
나그네 발걸음을 스승 삼아
모진 세상 견디고자 얼기설기 지은
집 바로 옆을 파라고 점지해주었다

믿는 사람에게 복이 있었다
지극한 정성이 산신령을 움직였다

인수봉 바로 아래에서 물이 솟았다

그것은 하늘이 내려 준 하늘샘
그것은 목마른 등산객 살리는 생명수
그것은 절망에 지친 백성을 구하는 희망물
그것은 삼각산을 잘 지키라는 사랑이었다

숙정문의 울음

숙정문이 운다
문은 문이되 문이 아니어서
꽉 막힌 가슴 옹이 되어 운다

숙정문은 문이 되고자 운다
안과 밖을 이어주는 살림 문,
많이 묻고 많이 듣고 열고 닫아
사람과 사람 소통하도록 도와주는 문,
그런 문 못돼 가슴앓이 하다 끝내 운다

할 말 많았을 나그네
따듯하게 보듬어 살리지 못하고
꽉 메인 가슴 열어 털어내지 못하고
끝내 마지막 가는 길동무도 되지 못했다

나무도 울고 새도 숨 죽였다
돌멩이 구르고 구름도 주춤거렸다
숙정문이 울며 하는 말이 눈물 되어 내렸다

인왕산 치마바위

시간이 아무리 흘러도
그님의 발자취 진하게 남은 곳은
그님의 숨소리 뜨겁게 들리는 곳은
그대로 오롯이 남아 있다

해가 인왕산에 걸릴수록 더욱 아름다워지는 곳
연희전문 학생 윤동주가 신새벽에 올라 시 쓰던 곳
경복궁 목멱산 관악산이 한 눈에 펼쳐지는 곳

동주는 시가 되고
시는 같은 마음으로 흐르고
함께 하는 마음은 동주가 된다

민족과 역사를 배반하고
나라를 팔아먹은 돈으로 떵떵거렸던
윤덕영의 벽수산장과 이완용의 대저택을
바라보는 울분을, 시로 삭혔을
아이 배, 동주童舟 시인은 영원히 살고
그놈들은 콘크리트 잔해와 함께 죽었다

팔십년이 장소를 바꿨어도
시시비비는 어름 날로 꼿꼿이 살아
가슴 가슴으로 울려 스민다

개미마을엔 개미가 없다

개미마을에 개미는 없고
밤새워 소신공양한 연탄재가
가파른 아스팔트길에서
졸린 눈을 밝히고 있었다

이슬만 내려도 개미허리 후달리게 하는
비탈만 없으면 참 살기 좋은 동네라는
초로初老의 술 냄새 섞인 혼잣말이
푸념인지, 길손에게 하는 소리인지
제멋대로 허공을 맴도는 데

서대문07번 마을버스에서 내린
아주머니가 쭈뼛쭈뼛 눈으로 다가왔다
마땅한 집이 있으면 사보려는 데
복덕방이 보이지 않는다며….

6.25전쟁이 끝난 뒤
옹기종기 들어선 인디언촌 사람들이
개미처럼 열심히 생활해서 얻은 이름,
개미마을은 7번방의 선물을 받고
개발바람에 겨울을 녹이고 있었다

*개미마을: 서대문구 홍제3동 9-81, 인왕산 서북쪽 자락에
 자리한 마을.

효종 그네나무

봄맞이 온 사람들에게 특별한 보너스가 주어졌다
창경궁 춘당지 앞
나무가 듬성듬성 서 있는 빈숲에서
아지랑이 폴폴 오르는 첫봄 점심쯤에

한 무리 사람들을 이끌던 해설사가
나이 들어 몸통 한구석을 수술하고도
의젓한 모습의 느티나무를 가리키며
효종의 그네나무라며 얘기 보따리를 풀었다

1남7녀를 둔 딸 바보는
심양의 수모를 갚으려고 북벌을 추진했지만
말 따로 행동 따로 하며 말뿐인 신하들의 반대로 이루지 못하자
느티나무에 그네를 매어 공주들을 밀어주며 시름을 달랬지만
화딱지를 이기지 못해 즉위 10년 만에 붕어했다…

하멜 일행에게 서양식 무기를 만들게 하고
대동법과 상평통보를 시행하는 개혁정치마저
성리학 기득권자들의 도그마에 거부당한 채
왕이되 왕이 아니었던 시름을
그네나무 전설로 삭이고 있었다

박수근, 덕수궁에서 만나다

걸으면 복이 온다
머리 내려놓고 마음 가는 대로
발길 옮기다 보면 로또가 굴러든다

첫눈 대신
겨울비가 쌀쌀맞게 내린 날
집에 그냥 들어가기가 아쉬워
들른 덕수궁에서
박수근을 통째로 만났다

한 푼도 내지 않고 무료로
봄 기다리는 나목裸木을
한영수 박완서와 함께 즐겼다

중고등학교와 미술대학을 나오지 못하고
오로지
오득영 보통학교 담임선생님의 칭찬과
밀레와 고흐를 본받겠다는 열정으로
가난과 병고 속에서 꽃피운 웃음을

설레는 미국에서의 개인전을 준비하다
시대를 아파하며 과음한 술에 발목 잡혀
쉰둘의 미완성 미생美生을

넋 놓고 걷다가
로또처럼 만났다

광장시장의 인연

지하철 1호선 종로 5가역
7번 출구, 광장시장에서
새 벗 만나 새로운 끈 새로 짰다

지글지글 익어가는
동그랑땡 목삼겹살 얘기에
소주와 막걸리 잔이 서로 겹치고

충남 아산의 이순신과
그 옆 동네 예산의 추사와 매헌이
수덕사 일엽과 함께 어울리는 밤

신축년은 임인년으로 흐르고
사연은 사연 담아 거미줄처럼 이어지는데
동짓달 짧은 밤은 코로나로 더욱 쪼그라들어

주춤주춤 익어가던 삶은
사회적 거리두기에
몸서리치며 다음으로 내달렸다

높고도 낮은 명동성당

하늘은 낮고
땅은 좁다는 듯

언덕 위
성당은 넓고
첨탑은 높기만 한데

낮은 곳으로 임하라는
그 분의 뜻은
메아리 없는 외침되어

성탄을 축하하는
하얀 장미 아래서
두 손 벌린 사람을
왼고개 하고

민족의 이름으로
이완용을 찌른
이재명 의사가
소리 없는 울음을 흘리고 있다

남산 1호 터널을 지나며

이럴 수는 없는 일이었다
칡 범해 설 앞둔 불금 밤 9시30분
저녁 반주로 얼큰해 2차 갈 시간에
명동은 가로등만 껌벅껌벅 거리며
코로나에 쩌든 삶처럼 새까매졌다

아쉬운 맘을 정권지르기로 달랠 수 없어
판에 박힌 두더지를 거부하고
거북이와 함께 바이러스를 음미해보려 했는데…

정말 이럴 순 없었다
애인 쫓아가는 말처럼 쌩쌩 달렸다
언제나 걷는 게 빠를 거라며
머리 쥐어박던 남산 1호 터널,

속 타는 건 우리들뿐이었다
사회적 거리두기라는 강철 멍에로
살림이 무너지고 죽음이 유혹해도
화면 속에선 그들만의 천국이 벌어지고

캄캄한 명동과 뻥 뚫린 1호 터널에
문득 홀로그램이 반짝거렸다
배고프면 쇠고기 먹어라!
우리 편은 영원한 우리의 봉!

청파동 골목길에 첫눈이 내리고

까마득한 오르막 골목길에
삶이 피고 있었다

콘크리트 속도에 밀려 잊은
코흘리개 소매에 깃들었던
아련한 세월이

한참 늦게 찾아온
함박첫눈 타고 불쑥
효창공원 뒷동네 골목에서
빗질로 부활하는 마술이 되었다

나그네는
눈사람 만드는 어린애 되어
강아지마냥 뛰어다니고

미끄러질라 눈 쓰는 어르신들은
낭만보다 한숨이 가까운데
어르신들의 엄마 할아버지들이
어렸을 때부터 자리를 지켜 온
골목은 그저 싱글벙글이었다

심원정 왜명강화지처

여기 절대 잊을 수 없는 시공간이 하나 있다
서울시 용산구 원효로4가 87-4
용산문화원 옆 언덕에 옛 비석 하나
'심원정心遠亭 왜명강화지처倭明講和之處'라고 요상하게 서 있다
조두순 별장 있던 정자에서, 임진왜란 때
왜와 명이 강화협상 벌인 곳이라고 강변하며,

명은 비겁했고 왜는 속였다
우리 백성들이 칼에 조총에 무수히 죽었지만
조선은 강화협상 자리에 앉을 수도 없었다
왜놈들이 풍악 울리고, 노래하고 춤추며 퇴각해도
원수를 죽일 수 없었다, 구원한다고 온 명군이
불호령 내렸다, 왜군 죽이는 자는 참형에 처한다고…

비겁과 사기가 아우러지는 속에 10만 왜군,
협상에 손과 발 모두 묶인 진주성을 기습했다
김천일 의병장과 진주성민 6만 명이 전멸했다
정유재침이 있었고 이순신이 죽음으로 막았다
심유경이 소서행장과 가등청정 만난 곳은
배(船)였는데, 역사는 버젓이 틀어져 있다

와우아파트의 역설

아파트가 무너져 공원이 되었다
아파트가 그대로 있었다면 와우산
자체가 없어졌을 지도 모른다는
역설은 이런 것이다

비극은 처음부터 잉태됐다
청와대에서 잘 보이는 산 중턱 비탈에
시범아파트를 많이 짓겠다는 보여주기 행정이
철근과 시멘트를 설계보다 턱없이 덜 넣은
돈을, 뇌물로 바치게 한 부패가

여섯 달 만에 도깨비 방망이 두드리듯
뚝딱 쌓아올린 와우아파트를 괴롭혔다

돈 없고 빽 없는 서민들이
목숨과 재산을 순식간에 날리는
청천벽력을 당하지 않도록
넉 달을 버티고, 버텼지만 더 이상
어쩔 수 없어 무너져 내렸다

서른네 명이 죽고 마흔 명이 다치는
엄청난 사고에 불도저 시장이 짤렸지만
소 잃고 외양간 고치기는 그치지 않아
겨우 스물다섯 해가 흐른 뒤에
성수대교와 삼풍백화점이 붕괴됐다

아파트가 무너져 와우산이
살아남았다는 역설 속에
눈앞의 코딱지 이익에 눈이 먼
좁쌀 소갈머리 떼들이
아무런 잘못이 없는 시민들을
죽음으로 몰아넣는 비정상을 만들며
와우아파트의 역설을 악용하고 있다

밤섬이 울고 있네요

밤섬이 울고 있네요
이곳에 터 잡아, 땅콩 심고
뽕나무 키우던 사람들이 그리워
문학인 사육제 열고 돌아가다
삼개 앞 강물을 영원한 잠자리로 삼은
김동근 동방문화회관 사장이 아쉬워*

밤섬이 쉽게 울고 있네요
여의도 윤중제 쌓을
자갈과 모래를 채취한다고
폭파당해 위 아래로 나뉜 아픔에
서강대교로 다시 동서로 찢겨
짝짓기 새들을 화들짝 놀래키는 폭력에

밤섬이 흐느끼고 있네요
하얀 모래밭과 바닥까지 보여주는
맑은 강물로 마포8경을 뽐내던 추억에
해마다 천 평씩 불어나는 몸집 가장자리에
새하얗게 그님들의 넋을 펼쳐놓고
함박첫눈 이불로 사랑을 부르고 있네요

*문총(전국문화단체총연합회) 주최로 1956년 8월19일 밤섬에서
  열린 '문화인 사육제'에 참석했던 김동근 동방문화회관 사장은
  돌아오는 나룻배가 정원 초과로 뒤집혀 사망했다.

당산 은행나무[*]

나무는 웅변으로 서 있었다
당당하고 늠름하게
한가람 넘어 몰아치는 눈보라를
온 몸으로 받아내며
떠난 사람들을 그리워하고 있었다

코로나로 뚝 끊긴 발길,
을축 대홍수라면 품을 내주어
뭇 생명을 수장水葬에서 건져냈으련만
한 번도 겪어보지 못한 역질疫疾로
가슴 곳곳만 앓고 있었다

넓은 가람 가에 홀로 돋아
단산单山이라 불린 곳에
육백오십 년을 사람과 사랑 나누었는데,
콘크리트 귀신에 씌운 도인都人들의
식어가는 마음을
당산 은행나무는 혼자 울고 있었다

[*]영등포구 당산동 6가 110-88에 있는 은행나무로
650년 된 것으로 추정된다.

한국거래소의 경고

단자회사는 하루
증권회사는 사흘
종금회사는 석 달
은행은 일 년이란
우스개는 이제 전설이 되었다

밤섬 휘몰아온 칼바람에
우리의 스승인 한국거래소가
찬 손 잡아달라 하소연 하고

여의도는 갈라파고스처럼
진화론에 으스스 떨었다

일등과 이등이
끊임없이 왔다가 가고

역사는 늘
변방에서 시작됐다는 사실에

문득

사라진 하루와 석 달이

사흘과 일 년에게 당부한다

밤을 조심하라고

멈춰야 할 때 멈춰야 한다고

우장산 맨발걷기

문득 귓불이 간질거렸다
걸음을 멈추고 눈을 기울이니
양말 벗고 맨발로 걸어보라는
속삭임이 보였다 치명적 유혹,

발바닥은 더듬이가 되었고
몸뚱이는 물관으로 정수리를 뚫었다
하늘과 땅이 하나로 엉기며
몸속의 냉기를 밀어내는 감기感氣,

모가지가 길어서 슬픈 짐승은
꽃이 진다고 바람을 탓하지 않으며
하늘을 우러러 한 점 부끄럼이 없기에
먼 훗날 그대를 무척 그리다가 잊었노라고
그에게로 가서 나도 그의 꽃이 되고 싶다는*

하소연을 추임새로 삼아
속살과 교합하는 맨발걷기가
멋대가리 없이 우두커니 서 있는
새마을지도자탑에 멋진 비웃음을 던졌다

*강서구 화곡동에 있는 우장산雨裝山(98m)에
세워져 있는 노천명의 〈사슴〉, 조지훈의 〈낙화〉,
윤동주의 〈하늘과 바람과 별과 시(서시)〉, 김소월의 〈먼 후일〉,
김춘수의 〈꽃〉에서 한 구절씩 옮겼다.

돼지슈퍼*

돼지를 날게 했던
기생충도
코로나를 당해낼 순 없었다

오스카상 바람을 타고
몰려왔던 사람들이
찬물에 뭐 줄어들 듯
발길을 거둬들이고

무심한 게 인기란 걸
어르신이
깊은 한숨으로 알려주며

기생충을 띄웠던
가파른 계단을 하나하나
가슴으로 오른다

흘러 간 강물이
빗물 되어 다시 흐르듯
날개 잃은 돼지도
새봄맞이 비상을 맞이하길 바라며

*마포구 아현동 707에 있는 슈퍼. 영화 '기생충'의
 촬영지로 인기를 끌었다.

143

학도의용병현충비

포항여중에서 꽃이 된
학도의용군 마흔여덟 분의 얼이
한강 남쪽 효사정 옆 언덕에
심훈과 함께 활짝 피어났다

1950년 8월 11일 깜깜한 새벽부터
삼복염천이 내리 꽂는 낮 1시 반까지
쓰나미처럼 밀려오는 적군을 맨몸으로
네 차례나 물리치고 산화한 넋이여!

죽음이 무서운 게 아니라
어머님과 형제들을 못 만난다는 생각이 무섭지만
꼭 살아 돌아가서 상추쌈과 찬 옹달샘에서
이가 시리도록 차가운 냉수를 들이켜고 싶다던

서울동성학교 3학년 열다섯 살
이우근 학도병은 머나먼 길을 떠났고
일흔한 명 가운데 스물세 명만 살아남아
먼저 떠난 학전우들을 가슴에 새긴다

해마다 그날이 오면

포항의 학도의용군 전승기념관과

서울의 학도의용병현충비 앞에서

그날을 잊은 철부지들을 아파하면서…

*학도의용군전승기념관은 경북 포항시 북구
 용흥동 96-1에, 학도의영병현충비는
 서울시 동작구 흑석동 172-12에 있다.

청계산 옥녀봉

뽀드득 뽀 드득 뽀드 득
담뿍 쌓인 눈을 살며시 밟으며
옥녀봉에 오른다

푸른 용이 산허리를 뚫고 나와
하늘로 올라간 청룡산 가운데
가장 아름다운 봉우리에서 바라본
관악산의 늠름한 골계미가
영하 15도의 떨림을 훅하고 날려버린다

따듯한 이불 속에서는
맛 볼 수도, 상상할 수도 없는
맑은 깨침이 파란 하늘 위로 솟아오르고
정성 담은 배추뿌리에 사랑이 익어 가는데

눈송이에 먹이 잃은
박새와 산새들이 사람 무서워하지 않고
손바닥으로 날아와 배고픈 배 채운다

서울의 밤과 낮

서울 밤은 밤이고
서울 낮은 낮이다
밤은 밤대로 운치 있고
낮은 낮대로 아름답다

낮은 밤을 알지 못하고
밤은 낮을 이해하려 하지 않는다
밤과 낮은 서로 다투고
낮과 밤이 서로 멀어진다

낮과 밤을 이어주는 건
밤과 낮을 모두 겪는 것,
밤은 낮으로 이어지고
낮은 밤을 품어 다독인다

밤은 공감으로 낮이 된다
낮은 사랑으로 밤이 좋다
서울 낮은 낮이고
서울 밤은 밤이다

사육신묘를 거닐며

왕은 무엇이며
죽음은 누구를, 무엇을 위한 의리인가

삶과 죽음이 한 순간의 마음이고
나 죽은 뒤 이름은 남아도
착한 백성들의 고달픈 삶은 어쩔 것인가

목숨 건 김시습이 묘를 만들었고
남효온이 육신전을 세상에 남겼다
무심한 세월은 정해진 대로 흘러

임진 병자 경술 경인년의
전쟁과 치욕을 겪어야 했는데
성삼문이 죽음 직전에 남긴 시에
운을 빌러 읊조려 본다

어제 친구가 왜 오늘 원수 되었을까
해 지자 새들은 둥지로 되돌아오는데
난초와 쇠는 이미 합해지지 않아도
혹시 아직 집을 버리지 않은 것일까

둥둥 북소리 사람 목숨 재촉하니

고개 돌려 보니 저녁 해 기우네

황천 길엔 주막 하나 없으니

오늘 밤은 누구 집에서 잘까*

걱정하는 그와

헝클어진 역사를 아파하며

*성삼문의 절명시.

서래섬의 비밀

눈에 보이는 게 다가 아니다
눈에 보인다고 진실이라 믿고
눈에 보이지 않으니 없다고 여기는 건
눈에 속아 참된 모습을 놓치는 지름길이다

서래섬이 스승이다
반포아파트 북쪽 한강변에 있는
아담한 섬이지만 본디 없었던 것,
올림픽대로를 만들 때 새로 만든
철새와 시민들의 사랑받는 쉼터,

서래마을 뒤 청룡산에서
작은 개울들이 서리서리 굽이쳐
한강 모래사장으로 흘러들던
서릿개蟠浦는 그저 반포盤浦가 됐고

과천 가기 위해 한강을 넘었던
동재기나루에는 4호선과 9호선 동작역이
고집스럽게 앙버티고 서 있는 옆에 앉아

서래섬이 알려주고 있다
눈에 보이는 게 다가 아니라고
눈에 보이는 대로 받아들이는 건
보이지 않는 곳의 진실을 놓치는 것이라고

화랑대역 시간여행

오징어~
땅~콩~~
삶은 달걀 있어요!

코로나를 헤치고
화랑대역 옛 역사에 들어서자
까마득히 잊었던 소리가 들려온다

콩나물시루처럼
가득 탄 승객 사이로
들려오던 목소리

잦은 연착으로
자꾸 늦어지는 도착시간을
혹시나 하며 견디게 하던 그 목소리

잔뜩 힘들어간 엄마 손에서
자꾸 벗어나려고 바둥거리던
꼬맹이를 설레게 했던 그 목소리

영원히 사는 사람

-의인 이근석 최성규 최원욱의 명복을 빌며

죽어서 영원히 사는 사람이 있고
비굴하게 살아서 영원히 죽는 사람이 있습니다

1997년 1월 10일
명동 한복판에서 소매치기의 칼에 찔린
경찰을 도와 격투를 벌이다
스물넷 꽃다운 나이에 저 세상으로 떠난
의인 이근석李根石은 영원히 사는 사람입니다

1996년 8월 10일 성수역 부근에서
성폭력범으로부터 위기상황에 몰린
시민을 구하다가 서른두 해를 살았을 뿐인
하나만의 목숨을 희생한
의인 최성규崔成圭도 영원히 살고 있습니다

2007년 7월 7일
동호대교 남단 한강에 빠진
여성을 보고 송골매처럼 뛰어들어

스물다섯 해 삶을 마감한
의인 최원욱崔源旭도 별이 되어 반짝입니다

그런데,
그런데 말입니다
하늘의 별이 되어 영원히 산다는 말은
그저 입으로만 잠깐 떠들고 곧바로 잊는
정치인들의 립 서비스인 게 아픕니다
불편한 진실이라는 데 가슴이 저립니다

명동에 세웠던 의인 이근석 추모비는
눈길에 걸리고 발길에 채인다는
이유 같지 않은 이유로 코딱지 크기의
동판으로 바뀌어 길바닥에 깔려 있고

동호대교 남단 한강제방에 세워진
의인 최원욱 추모비는
찾는 사람도 거의 없이 잊히고
모기 쓰레기 북풍한설에 시달리며

성수역 3번 출구 계단 옆에 세워진
의인 최성규 추모비는
눈길을 주는 사람이
가물에 나는 콩보다도 적습니다
화딱지를 참기 힘듭니다

의인 이근석을 명동에서 보셨나요
이 넓고 넓은 땅에 의인을 위한 공간을
40cm×40cm 밖에 마련할 수 없는 건가요

의인 최원욱을 찾아보셨나요
한강의 아름다운 해넘이에만 얼이 팔려
악의 평범성 대열에 빠지셨나요

의인 최성규를 알아봤나요
바쁘다는 핑계를 대고
추모비 따로 현실 따로를 받아들였나요

서울에는 이렇게 잊히고 있는
의인 추모비가 열네 개나 된다고 합니다

오늘 두 눈을 크게 열고 두 귀를 밝게 뜨고

가슴을 활짝 열어 찾아보세요

죽어서 영원히 사는 사람들을 잊고

살아서 영원히 죽는 건 너무 억울하지 않을까요….

꿈꾸는 한가람

한가람은 길입니다
하늘과 땅이 갈라지고
사람과 동식물이 생겨나기 훨씬 전부터
샘물과 빗물이 흐르고 흘러
저절로 만든 살리고 살리는 길

한가람은 바다입니다
오대산 우통수에서 솟아난 하늘 물이
금강산 옥밭봉에서 솟구친 땅의 물이
동강 섬강 달천 금강천 소양강을 머금고
중랑천 탄천 안양천을 넓게 품은 바다

한가람은 사랑입니다
천이백삼십오 리를 굽이굽이 흐르며
삼만오천칠백칠십 제곱킬로미터를 키우고
저자 잠실 노들 밤 여의 선유 섬에서
철새들 보금자리 만들어 준 사랑

한가람은 꿈입니다
일제의 수탈과 그놈의 전쟁으로

잿더미가 된 골목골목에서

꺾이지도 주저앉지도 안고서

새록새록 키워온 자유민주통일의 꿈

서울은 시詩를 무진장 품고 있는 시광詩鑛이며, 시인은 감춰진 시를 캐내는 시광부詩鑛夫다

홍찬선

시란 무엇인가. 시는 선비의 마음[詩言志]이라고도 하고, 시란 뜻이 가는 바[詩者志之所之]라고도 한다. 마음에 있으면 뜻이고, 움직여 말로 모습을 드러낸 것이 시라고 했다. 말뜻으로는 그럴 듯한데 실제로는 시가 무엇인지를 제대로 모른 채 시를 쓰고 있다.

시가 무엇인지도 잘 모르면서 시를 왜 쓸까. "시인은 남이 보지 못하거나 보지 않는 것을 보고, 남이 보는 것을 다르게 보며, 남과 함께 본 것에 대해 글로 쓰는 사람이다. 남이 보지 못하는 것을 보고, 다르게 보며, 본 것을 글로 드러내는 따뜻한 시인이고 싶다." 6년 전, 첫시집 『틈』(북투데이, 2016. 11)의 서문에 쓴 글이다.

세월이 바람처럼 흘러 열두 번 째 시집을 준비하면서도 시란 무엇이고 왜 시를 왜 쓰는지에 대한 명확한 답을 갖고 있지 못하다. 다만 일기를 쓰듯 매일 매일 시를 쓰면서 시란 이런 것이며, 이런 이유 때문에 시를 쓴다는 감感을 어렴풋이 느끼고 있다. 훌륭한 시를 쓰려면 많이 읽고[多讀], 많이 지으며[多作], 많이 생각해야 한다[多思]는 삼다三多에 현장을 많이 찾아 다녀야 한다는 다보[多步]를 합한 사다四多를 주장하면서….

1. 서울은 시광詩鑛이다

서울특별시는 시의 금광이다. 양파처럼 켜켜이 싸여있는 서울을 벗기다 보면, 곳곳에 시맥詩脈이 뻗어 있음을 깨닫는다. 매장량도 무진장이라는 게 놀랍다. 아무리 많은 사람이, 아무리 많이 캐내도 매장량은 줄어들지 않는다. 오히려 캐낼수록 매장량이 늘어나는 '이상한 나라의 앨리스'다. 게다가 사유지가 아니다. 삭막한 철벽鐵壁을 둘러치고 빨간 글씨로 진입금지를 걸어, '무단 침입하는 자는 고발 조치하겠다'는 비인간적인 거부표지를 달아놓지 않았다. 누구나 캐어 쓸 수 있는 공유자산이다. 캐려는 뜻이 있고 채굴에 나서는 실천력만 갖추면 아름다운 시를 끊임없이 쓸 수 있다.

> 서울은 금광이다
> 대한민국의 21세기를 준비하고
> 노벨문학상을 만들어 낼 수 있는
> 황금빛 아이디어를 감추고 있다
> 땅 속에, 길바닥에, 사람들 가슴에
>
> 서울은 양파다
> 한 겹을 까 하나를 알면
> 다른 켜가 나타나 새로운 도전을 일으키는

신화와 역사와 삶이 어우러져

나날이 커져 가는 양파,

　－서울특별詩, 1~2연

　서울시가 시광이라는 사실은 우연히 깨달았다. '월간시'
2020년 8월호(통권 79호)부터 「서울특별詩」 연재를 시작하면
서부터였다. 처음에는 서울시가 양파인 줄 알았다. 안다고 까
보면 새로운 것이 새록새록 피어나는 양파! 그런 양파를 까는
재미에 빠져 있다가 발견한 것이 서울시는 양파일 뿐만 아니
라 '시광'이라는 사실이다.

　「서울특별詩」 연재가 2022년 4월호(통권 99)까지 21회나 이
어진 것은 바로 서울시가 시의 금광이라는 사실을 명백히 알
려준 것이다. 마음 가는 곳마다, 발길 이르는 곳마다 아프고
즐거운 사연이 있고, 그런 사연을 마주한 가슴과 머리에선 자
연스럽게 시가 꽃피고, 시가 열매를 맺는다.

　노들섬이 그 중의 하나다. 내가 1982년, 서울에 와서 살 때
는 중지도라고 불렸던 섬이다. 그때는 한강대교가 지나가는,
한강 한가운데 있는 섬이라서 그런 이름이 붙었나 하고 심드
렁하게 넘어갔다. 하지만 이번에 마음먹고 다시 가보니 중지
도는 일제강점기 때 일제에 의해 나카노지마[中之島]로 창지개명
創地改名 당한 아픔이 있다는 것을 처음 알았다. 노들나루가 있
는 곳의 섬이니 노들섬이라는 이름을 얻은 것은 다행한 일이
다. 1961년 5월16일 새벽, 박정희 소장이 이끄는 군을 막지 못
한 곳이 바로 이곳이요, 1966년 이곳에서 고공낙하훈련을 하
다가 부하의 목숨을 구하기 위해 자신을 희생한 이원등 상사
의 동상이 서 있는 것도 처음 알았다.

봄이 더디 온다고 투덜대는 사람은

모든 것 툴툴 털어내고 노들섬에 가서

느릿느릿 한 바퀴 돌아보세요

나카노지마(中之島)로 창지개명 당한 아픔과

5.16 새벽 해병대를 막지 못했던 아쉬움과

1966년 이원등李源登 상사의 고귀한 죽음을

품에 묻고 말없이 21세기를 준비하는 노들섬,

―봄바람 부는 노들섬, 1, 3연

회현동 우리은행 본점 옆에서 은행나무를 만난 것도 마찬
가지다. 자퇴(직장의 자발적 은퇴)하기 전에 10여 년을 함께
일했던 후배와 오랜만에 만났을 때, 은행나무가 새롭게 다가
왔다. 그냥 오래된 나무거니 하고 지나치려고 했는데, 후배가
가볍게 꺼낸 얘기에 빨려들었다. 조선시대 정승 12명을 배출
한 집터에 있던 영험 있는 나무….

사연은 이랬다. 조선 중종 때 영의정을 지낸 정광필鄭光弼
(1462~1538)의 꿈에 신령이 나타나, 집 앞 은행나무에 걸린
12개의 서대犀帶(정승들의 허리 띠)를 보여주며 앞으로 이 가문
에 12정승이 배출될 것이라고 했다. 그 신령의 예언 덕분인지
12정승을 낸 정씨 가문은 수나무를 위해 남쪽에 암나무를 심
어 주었다. 어찌된 일인지 암나무가 시름시름 말라가는 것을
보고 동쪽에 새 암나무를 심었다. 그러자 원래 암나무가 되살
아나 은행을 맺었고, 그 때부터 부인나무와 계비나무는 등 돌
린 채 살아갔다. 자녀교육상 좋지 않다고 판단한 대감이 동쪽
암나무를 베어 버리려고 벌목공을 불러오자 장손이 갑자기 배

앓이를 시작했다. 대감이 깜짝 놀라 벌목공을 내보내자 장손의 병이 씻은 듯 나았다 그때부터 '돈을 많이 벌고 싶은 사람'은 수나무에게, '건강하게 오래 살수 싶은 사람'은 부인나무에게, '사랑을 많이 받고 싶은 사람'은 계비나무에게 절하며 소원을 비는 풍습이 생겼다….

그래서일까. 서울시는 은행나무를 시목市木으로 삼았다. 조선시대의 국립대학이던 성균관 대성전과 명륜당 앞에, 그리고 당산동 한강 변의 단산單山에도 오래된 은행나무가 있어 시민들의 사랑을 듬뿍 받는 것도 이런 전설을 담고 있기 때문은 아닐까 생각하며 시를 또 캤다.

사람은 나무를 남기고
나무는 전설을 심었다

가을 바람을 바라는 사람들이
정광필부터 정승 12명을 배출한
집터가 전하는 가르침을 듣고 있다

넉넉한 품으로 더위를 식혀주고
풍성한 은빛 살구로 가래 천식을 삭혀주며
힘차게 사는 게 사람의 몫이라는 가르침을
—회현동 은행나무, 1, 3~4연

2. 서울은 보물 창고다

서울은 시광이면서 보물창고다. 이런 저런 인연으로 찾아가는 곳마다 새로운 사실들을 새록새록 알려준다. 2021년 11

월에 출간된 『서울특별詩』를 본 박겸수 강북구청장이 알려 준 '북한산의 비밀'도 그 중의 하나다. 서울시민과 대한민국 국민 대부분은 서울의 진산鎭山인 북한산이 당연히 서울시에 포함돼 있는 것으로 알고 있다. 하지만 북한산의 세 봉우리인 백운대 인수봉 만경봉은 현재 경기도 고양시에 속해 있다. 어떻게 이런 일이 벌어졌을까. 비밀은 일제강점기에 있었다.

대한제국 주권을 총과 칼을 동원한 불법으로 강탈한 일제는, 대한제국 지우기에 적극 나섰다. 출판물과 일상생활에서 '대한'이란 용어를 쓰지 못하도록 법을 제정했고, '행정개혁'이란 미명 아래 대한제국의 역사지우기에 나섰다. 조선이 도성으로 삼은 한성부를 폐지하고, 대폭 축소된 영역으로 경성부를 만들었다. 한양의 진산으로 삼았던 삼각산(북한산)도 한양에서 떼어내 고양에 소속시켰다.

광복이 된 뒤 경성부가 없어지고 서울이 복원됐다. 그런데 북한산 정상의 3봉은 서울로 돌아오지 않고 고양에 남았다. 미군정이 실시되고, 남북이 분단되고, 6.25전쟁이 일어나고, 4.19혁명 5.16이 발생하는 역사 속에서 북한산이 서울로 돌아오든, 고양에 남든 관심을 갖는 사람이 없었기 때문이었을까….

일제 잔재를 청산하고, 역사를 바로 세워야 한다고 목소리 높이는 사람들도 웬일인지, 일제 잔재의 대표격인 '한양(서울) 지우기'인 북한산 고양 편입을 바로잡으려고 하지 않고 있다. 참으로 역사의 아이러니라고 할 수 있다. 나는 그런 북한산의 하소연을 들을 수밖에 없었다.

광복이 되고 서울이 복원됐지만
어찌된 영문인지 백운대 인수봉 만경봉은

아무도 관심 없는 사이에 슬그머니
고양시에 남은 채, 시간이 흘렀네요

고양시민 여러분
잘못된 역사는 바로 잡아야겠지요?

대한민국 국민 여러분
일제잔재를 청산해야 마땅하겠지요?

서울시민 여러분
역사 바로 세우기에 적극 동참하시겠지요?

–북한산의 하소연, 4~7연

　한국은행 건너편, 남대문시장의 큰 길 가에 있는 상동尙洞
교회도 새로 발견한 역사의 현장이다. 경제기자를 하면서 한
국은행과 금융기관을 오가면서 수없이 마주쳤을 상동교회는
「서울특별詩」를 연재할 때까지만 해도 기억에 없었다. 그러다
용인 출신의 3대 항일투쟁 의병장인 오광선吳光鮮 장군의 삶의
궤적을 찾다가 '상동청년학원'을 접했고, 청년학원이 신민회와
헤이그밀사와 관련돼 있다는 사실을 새롭게 알게 됐다.
　상동교회는 의료선교사인 스크랜턴 목사가 1888년에 설립
한 뒤, 1902년부터 전덕기全德基 전도사가 맡아 운영했다. 1905
년 을사늑약을 강탈당하자 늑약무효투쟁과 함께 청년학원을
설립해 청년들에게 민족의식과 역사의식을 심어주는 교육을
실시했다. 신민회 사건으로 1914년, 전덕기가 순국하면서 청
년학원도 폐교됐으나 항일투쟁의 역할을 이어갔다. 1944년 3

월, 일제에 의해 강제로 폐쇄되고 그 자리에 일제의 신사참배
와 황도정신의 훈련장인 황도문화회관이 되는 아픔을 겪었다.

신세계백화점 옆 남대문시장 큰길가에 있어
모르긴 몰라도 수백 번은 지나쳤을 텐데
지금까지 본 기억이 없다는 게 신기하기만 한데

이곳 지하실에서 신민회가 만들어졌고
이곳 지하실에서 헤이그밀사가 모의됐고
이곳 청년학원에서 이동녕 신채호 김구 이준 등에게
—상동교회의 발견, 3~4연

서울과 부천의 경계에 있는 개화산開花山도 알지 못했던 역사
를 담뿍 안고 있었다. 그놈의 이데올로기 광기로 일으킨 동족
상잔의 비극, 6.25전쟁 초기. 전쟁에 준비되지 않은 국군은 도
미노처럼 쓰러졌고 사흘 만에 서울이 함락됐다. 바로 그때, 6
월 26일부터 30일까지 3박 4일 동안 육군 1사단 12연대 1,100
여 장병들은, 통신이 끊어지고 총알이 소진된 상황에서 개화
산을 지키다 모두 전사했다. 울산 인천 익산 금산 서울…, 태
어난 곳과 태어난 날은 달랐어도 죽은 날과 죽은 곳이 같은
죽은 전우戰友들의 벗 사우死友가 되었다.

지하철 9호선 흑석역에서 가까운 효사정 옆, '심훈 시공원'
에 우뚝 서 있는 학도의용병현충비도 새로 찾은 보물이었다.
6.25전쟁이 일어나자 오로지 나라를 지키겠다는 마음 하나로
군복도 없고 군번도 없이 교복을 입은 채로 산화한 학도의용
병 48명. 그들은 1950년 8월11일 새벽부터 낮 1시까지, 포항여

중에서 물밀 듯이 몰려오는 적군을 맨몸으로 네 차례나 막아
냈다. 그들의 희생으로 낙동강 전선을 지켜냈고, 사이판에 한
국망명정부를 세우려던 '뉴코리아플랜'도 계획으로만 끝나도
록 만들었으며, 9.15 인천상륙작전을 성공시킬 수 있는 시간
을 만들었다.

　죽음이 무서운 게 아니라
　어머님과 형제들을 못 만난다는 생각이 무섭지만
　꼭 살아 돌아가서 상추쌈과 찬 옹달샘에서
　이가 시리도록 차가운 냉수를 들이켜고 싶다던

　서울동성학교 3학년 열다섯 살
　이우근 학도병은 머나먼 길을 떠났고
　일흔한 명 가운데 스물세 명만 살아남아
　먼저 떠난 학전우들을 가슴에 새긴다
　—학도의용병현충비, 3~4연

3. 서울은 상상력이다

　서울이란 시광에서 보물을 캐내는 것은 아무나 할 수 있는
일이 아니다. 보이지 않는 것을 보고, 들리지 않는 것을 느끼
는 상상력이 풍부한 사람만이 노다지를 만들어낼 수 있다. 콘
크리트 건물과 포도鋪道 속으로 사라진 모습을 그려내는 것은
아무것도 없는 상태에서 새로운 것을 만들어 내는 창조와도
같은 감수성과 끈질김이 필요하다.

　석촌호수에서 지금은 없어진 송파강을 그려 보고, 석촌호
수의 나이를 생각해 보는 일이 그런 일이다. 날 때 본 것이 진

리라고 착각하는 '미운오리새끼 증후군'에 걸려 있는 사람들은 석촌호수 나이가 51세 정도밖에 안된다고 하면 헛소리 하지 말라며 벌컥 화를 낸다. 1970년 초에 잠실지구를 개발하면서 성내천 주변에서 송파강(한강의 이 근방 이름)을 막고 새내를 확장공사해서 한강 본류로 삼았고, 물줄기 막힌 송파강 가운데 맹장처럼 남은 것이 석촌호수라고 설명해도 반신반의 한다. 잠실지구 개발이 있기 전의 1960년대 지도와 개발된 이후 고층건물이 들어서기 전에 석촌호수의 모습을 보여주면 그제서야 뒷머리를 극적이며, 자신들의 선입견과 편견이 잘못됐음을 인정한다.

잠실야구장과 건너편의 아시아선수촌 아파트도 한강 가운데 있던 부리도浮里島라는 섬이었다는 사실도 잘 믿으려 들지 않는다. 선수촌 아파트 앞 공원입구에 세워진 '부렴마을 유래'라는 표지석을 보여줄 때까지 말이다. 상상력의 빈곤과 보이는 것에 대한 과신은 진실을 제대로 보지 못하도록 방해하는 괴물들임을 알려 주는 사례들이다.

> 1925년에 있었던 을축대홍수 들어보셨나요
> 그때 지금 한강 본류가 된 새로운 물줄기, 새내가 생겼고
> 1970년대 초 잠실지구를 개발하면서 송파강을 막고
> 새내를 확장해 석촌호수만 맹장처럼 남았지요
> 잠실야구장도 부리도浮里島라는 섬이었고요
>
> 눈과 귀와 가슴 활짝 열고 들어보세요
> 석촌호수가 전해주는 수많은 얘기가 들릴 거여요
> −석촌호수의 나이, 6~7연

방산시장이란 이름의 유래가 된 방산芳山도 마찬가지다. 모든 땅 이름에는 그것이 만들어진 사연을 담고 있다. 방산은 영조 때 청계천 바닥을 긁어내는 준설浚渫 작업을 하고 나온 흙과 모래를 청계천 양쪽에 쌓아 놓은 제법 높은 언덕이었다. 그대로 두면 악취도 나는 데다가 비가 오면 흘러내려 다시 청계천으로 흘러들어갈 것을 막기 위해, 풀과 나무와 꽃을 심었다. 그 모습이 제법 아름다워 '꽃다운 산'이라는 뜻으로 방산이라 불렀다. 인공공원인 셈이었다.

그런 방산도 일제강점기의 수난을 벗어날 수 없었다. 일제가 경성운동장(현 DDP)을 만들면서 부족한 모래와 흙을, 방산을 무너뜨려 충당했다. 그리하여 현재 방산시장 부근의 청계천 남쪽 방산은 없어졌다. 그 건너편, 종로 신진시장에 있던 방산도 거의 형체를 알아보기 힘들 정도로 사라졌다. 하지만 종로 5가에서 신진시장 쪽 인도를 자세히 보면 약간의 둔덕을 느낄 수 있다. 이것이 바로 방산의 흔적이다.

광장시장 동쪽에 자리 잡은
종로신진시장 부근이
영조 때 청계천을 준설한 흙과 모래를 쌓아 만든
가산假山에 꽃을 심어 방산芳山이 되었다는 것을
그냥 스쳐서는 골백번 오가도 알 수 없는 법,

종로5가 신진시장 쪽 인도人道를
눈여겨보면 약간의 둔덕이 느껴지고
곱창골목에 들어가 곱창에 막걸리를 마주하면
방산에서 봄나들이 단풍구경하는 사람들의 숨결이

아지랑이처럼 피어나는 게 소곤소곤 들린다

−방산(芳山)을 아시나요, 4~5연〉

4. 서울은 시인의 도시다

서울은 시인의 도시이기도 하다. 조선과 대한제국 및 대한민국의 수도로서 정치경제사회문화의 중심지에 걸맞게 수많은 시인들의 숨결을 간직하고 있다. 종로 서촌에는 윤동주가 하숙했던 집터와 이 상이 살았던 집이 남아 있다. 연세대학교 핀슨홀 앞 조용한 숲에는 윤동주 시비가 서 있다. 대학로 흥사단 앞에는 「성북동 비둘기」로 유명한 김광섭 시인의 시비가 있고, 마로니에공원에는 윤선도의 「오우가」 시비가 있다.

탑골공원 건너편 횡단보도 신호등에는 김수영 시인이 살았던 집터가 있었음을 알리는 표지석이 있고, 방학동 은행나무 부근에는 '김수영 문학관'이 있다. 종로 3가 '송해거리' 입구에는 박인환이 운영했던 서점 '마리서사'가 있었던 곳이 표지석도 없이 눈밝은 시인들을 기다리고 있다. 성북동에는 항일민족시인 한용운이 살았던 심우장이 있고, 흑석동 중앙대병원 부근에서 태어난 심 훈의 시비공원이 효사정 옆 한강변에 조성돼 있다.

종로 3가 탑골공원 건너편에서
서대문역 적십자병원까지
걸어서 1시간 안팎 걸리는 가까운 거리를
47년7개월이란 짧은 세월 동안

죽을 고비를 세 번 넘기면서

시대의 아픔을 몸에 안고 살았다

조선시대 기우제를 지내던 우장산에는 노천명의 〈사슴〉, 조
지훈의 〈낙화〉, 윤동주의 〈하늘과 바람과 별과 시(서시)〉, 김
소월의 〈먼 후일〉, 김춘수의 〈꽃〉이 등산객들을 맞이한다. 수
유동 빨래골에는 공초空超 오상순 시인의 묘소와 시비가 있고,
망우리공원에는 한용운과 박인환 방정환, 그리고 김상용金尙鎔
시인의 묘가 있다.

1933년 5월27일부터
이만 팔천 오백여 명은
걱정 잊지 못하고 잠들었다

만해 한용운
위창 오세창
소파 방정환
시인 박인환
대향 이중섭
월파 김상용
…

성북동 길상사에는 백 석의 사연을 들을 수 있는 자야 김영
한의 넋이 잠들어 있다. 법정과 김수한 추기경, 그리고 이해인
수녀의 만남도 맛볼 수 있고…. 수유동 국립4.19민주묘지 입

구에는, 1970~80년대 학생운동 때 널리 불리던 노래 '아침이슬'의 비가 서 있고, 삼각지 고가도로가 철거된 삼거리에는 섹시한 '삼각지 노래비'가 오가는 행인들의 눈길을 끌어 잡고 있다.

5. 서울은 미래를 만든다

서울은 죽은 과거의 도시가 아니다. 서울은 정체된 현재의 도시만도 아니다. 서울은 멋진 미래를 만들어내는 꿈틀대는 도시다. 2천년 이상 쌓아온 역사의 무늬와 한강의 기적과 민주화를 이룩한 현재의 터 위에, 한국은 물론 세계로 뻗어가는 미래를 만들어 내고 있다.

용산이 미래를 만드는 중심으로 떠오르고 있다. 일제강점기 때 대한제국의 기상을 억제하기 위해 경복궁 근정전 앞에 조선총독부를 짓고, 경복궁 후원에 조선총독 관저인 경무대를 지었던 것을, '현실'을 이유로 이어받았던 답습에서 이제야 벗어났다. 구중궁궐의 군림하는 권력에서 나와 대한민국의 주인인 국민과 함께 소통하는 새로운 리더십이 살아나고 있다.

용산은 그동안 아픈 땅이었다. 임진왜란 때는 왜군이, 병자호란 때는 호군이, 청일전쟁 노일전쟁과 일제강점기 때는 일제군대가, 6.25전쟁 이후 최근까지는 미군이 주둔하던, 이름만 우리 땅이었고 실제로는 남의 나라 땅이었다. 그런 아픈 땅에 대통령 집무실과 대통령실이 들어서 명실상부한 대한민국 땅으로서, 정치경제사회문화 모든 분야에서 선진국으로 도약하는 대한민국의 중심으로 역할을 하게 됐다.

임진왜란 때 왜군이 진을 쳤을 때부터
병자호란 때 호군이 차지하고

청일 러일전쟁 때 일제군대가 무단 점령한 뒤
6.25전쟁 후 미군이 주둔하는 오랫동안에도
시간은 야속하게 똑같이 흘렀다

미군이 평택으로 떠나고
육군본부도 계룡대로 이전한 뒤
한갓진 전쟁기념관으로 남았던
용산이 명실상부한 서울의 중심,
대한의 용이 사는 곳으로 꿈틀대고 있다
－용산의 꿈, 2, 4연

성수동 수제화 거리도 새로운 미래를 준비하고 있다. 서울역 북쪽 염천교로부터 수제화 거리의 영예를 이어받아 신사화 숙녀화 댄스화 발레화 등 모든 구두를 만들어왔던 명장들의 거리. 그 거리도 시대의 흐름을 어찌지 못하고 사라지고 있지만, 죽은 것은 아니다. MZ세대들의 디자이너들이 1세대 장인들과 호흡을 맞춰 새로운 감각의 거리를 만드느라 비지땀을 흘리고 있다.

되돌아보면 금방이라도 "밥 먹으라"는 엄마의 목소리가 튀어나올 것 같은 청파동 골목도 앞날을 준비하고 있다. 콘크리트 속도에도 여전히 흙담 길의 느긋한 시간이 흐르는 골목에 첫눈이 함박눈으로 펑펑 내리자, "눈을 쓸라"는 확성기의 쩅쩅한 소리가 없어도 스스로 빗자루와 밀개를 들고 나와 골목길에 쌓인 눈을 치웠다. 함께 당하는 공동의 어려움에 함께 대응하는 두레정신이 살아있음을 보여주는 현장이었다.

함께 하는 '두레정신'은 명동과 성수역, 그리고 동호대교 남단에서 영원히 살고 있는 의인 이근석 최성규 최원욱의 넋에서도 알 수 있었다. 이근석은 1997년 1월10일 명동 한복판에서, 최성규는 1996년 8월10일 성수역 3번 출구 부근에서, 최원욱은 2007년 7월7일 동호대교 남단 한강에서, 위험에 빠진 사람을 돕고 구하려다 하나뿐인 목숨을 잃고 말았다. 그들은 비록 꽃다운 젊은 나이에 죽었지만 영원히 살면서, 살았지만 영원히 죽는 파렴치한들의 가슴에 방망이질을 하고 있다.

의인 이근석을 명동에서 보셨나요
이 넓고 넓은 땅에 의인을 위한 공간을
40cm×40cm 밖에 마련할 수 없는 건가요

의인 최원욱을 찾아보셨나요
한강의 아름다운 해넘이에만 얼이 팔려
악의 평범성 대열에 빠지셨나요

의인 최성규를 알아봤나요
바쁘다는 핑계를 대고
추모비 따로 현실 따로를 받아들였나요

서울에는 이렇게 잊히고 있는
의인 추모비가 열네 개나 된다고 합니다
오늘 두 눈을 크게 열고 두 귀를 밝게 뜨고
가슴을 활짝 열어 찾아보세요
−영원히 사는 사람, 9~12연

6. 시인은 광부다

나는 시광에서 시를 캐내는 광부다. 많은 사람들이 잠든 새벽, 어둠을 가르며 하늘공원에 올라 은은하게 올라오는 해돋이에서 사랑의 참뜻을 알아낸다. 여느 골목과 다를 것 없어 보이는 종로 3가역 6번 출구에서 돈화문 쪽으로 이어지는 좁은 식당, 주택가 골목에서 고려시대의 골목을 가려낸다. 명보극장과 충무로 사이를 거닐면서 이순신과 유성룡, 그리고 양성지가 나누는 대화를 엿듣고, 불볕햇살이 내리쬐는 영천시장 가판대에 있는 노각을 보고 화딱지를 슬기롭게 다스리는 군자를 그려낸다.

'차관아파트'와 '수출의 다리'를 보고는 "잘 살아 보세"를 외치며 허리띠 졸라매던 시절을 잊고 사는 우리들의 자화상을 반성하고, 동작구 본동 상도터널 북쪽에 있는 용양봉저정龍驤鳳翥亭에선 정조의 잦은 화성능행을 백성의 눈으로 소환한다.

이산李祘은 덜 아는 게 좋았다
홍재弘齋는 덜 효성스러워야 했고
정조正祖는 덜 콤플렉스에 시달려야 했다

용이 치솟고 봉황이 날아오르는 정자란 건
그럴싸한 말과 예쁘게 꾸민 얼굴의 표본인데
모든 시내와 맑은 달의 주인이 된 노인이
하는 건 부끄러움이고, 몰랐다면 임금이 아니다

임금은 사대부와 뭇 백성과는 다른 것
아비가 억울하게 죽었어도 가슴에 담고
신하가 부족해도 두 팔 벌려 안아야 하는 것

시를 캐는 광부인 나는 한때 거리를 환하게 밝혔던 아현동 웨딩드레스 거리가 대학입시학원과 휴대폰 판매장과 부동산중개업소에 점령당한 현실을 아파하기도 한다. 그런 아픔은, 문은 문이되 활짝 열려 소통하는 문이 되지 못하고 늘 닫혀 있어 죽음을 지켜보며 울음을 삼키는 숙정문으로 이어지고, 반민족 친일역적인 윤덕영의 벽수산장과 이완용의 으리으리한 기와집을 내려다보며 시가 쉽게 써지는 것을 괴로워했던 윤동주의 인왕산 치마바위로 이어졌다.

나는 와우아파트의 붕괴 현장에서, 눈앞의 탐욕에 빠져 수많은 사람들의 목숨과 엄청난 재산을 앗아간 성수대교와 삼풍백화점의 붕괴 및 빛 고을 광주에서 신축아파트가 붕괴되는 어처구니없는 인재人災도 놓치지 않았다. 그런 나의 눈에는 '기생충'으로 날았던 '돼지수퍼'가 코로나에 추락하고, 여의도 윤중제를 쌓는다고 팔 다리 몸통이 파헤쳐졌던 밤섬이 다시 커지고 있지만 서강대교로 다시 분단된 고통도 들어왔다.

아프다고 시 캐는 것을 중단할 수는 없는 일. 나는 한국거래소에서 들은 경고를 대신 전하면서, 시광에서 시 캐기를 계속할 것임을 약속한다.

단자회사는 하루
증권회사는 사흘
종금회사는 석 달
은행은 일 년이란
우스개는 이제 전설이 되었다

역사는 늘

변방에서 시작됐다는 사실에

문득

사라진 하루와 석 달이

사흘과 일 년에게 당부한다

밤을 조심하라고

멈춰야 할 때 멈춰야 한다고

−한국거래소의 경고, 1, 5~7연

홍찬선洪讚善

아호 덕산悳山
서울대 경제학과 졸업
서강대 MBA, 경영학과 박사과정 수료, 동국대 정치학과 박사과정 수료
일본 中央大 기업연구소 객원연구원,
중국 淸華大 경제관리학원 금융고급연수과정 수료
한국경제신문 · 동아일보 기자
머니투데이 북경특파원, 편집국장, 상무 역임
현 서울시인협회 '시문학회' 회장

2016년 '시세계' 시 등단
2016년 '한국시조문학' 시조 등단
2019년 계간 '연인' 소설 등단
2020년 계간 '연인' 희곡 등단

시집 「틈」「길」「삶」「얼」「품」「꿈」「가는 곳마다 예술이요 보는 것마다 역사이다」
「아름다운 이 나라 역사를 만든 여성들」「서울특별詩」「대한민국 여성은 힘이 세다」
소설집 「그해 여름의 하얀 운동화」
시조집 「결」
기타 「미국의 금융지배전략과 주식자본주의」「내 아이 종자돈 1억 만들기」「패치워크 인문학」
「임시정부 100년 시대 조국의 기생충은 누구인가」「20대 대통령을 위한 경제학」 등 다수.

수안보 온천 시조문학상 본상(2017)
'문학세계문학상' 소설부문 대상(2020)
자유민주시인상 최우수상(2021)
'월간시' '올해의 시인상'(2021)

seestarbooks 022
홍찬선 제12시집
서울특별詩2
제1쇄 인쇄 2022. 5. 15
제1쇄 발행 2022. 5. 20

지은이 홍찬선
펴낸이 김상철
펴낸곳 스타북스

등록번호 제300-2006-00104호
주소 서울시 종로구 종로 19 르메이에르종로타운 B동 920호
전화 02-735-1312 팩스 02-735-5501
이메일 starbooks22@naver.com

ISBN 979-11-5795-644-9 03810